王久辛 著

大地夯歌

海峡出版发行集团 海峡文艺出版社
THE STRAITS PUBLISHING & DISTRIBUTING GROUP | Haixia Literature & Art Publishing House

诗的碑林

——序王久辛《大地夯歌》

◎乔　良

在打开《大地夯歌》之前，我不曾想到我会走进一座诗的陵园。我不曾想到我的眼前一下子会涌出这么多的鲜血，这么多的尸身，这么多的白骨……我从未在任何一位诗人的作品中，见过如此多的疼痛，如此多的死亡，如此多的惨烈，还有，如此多的壮美牺牲。

震撼？颤慄？这些词语都不足以描摹我读《大地夯歌》的心境。此时即使有人用一把砍刀剁下我一截手指，我想，我也不会有比读这部诗作更强烈的痛楚。

这就是我读久辛诗的感觉。

久辛太残酷了，你怎么能把这样的内容写进诗里呢？每一行诗句，甚至每一个字，都不只是刺疼你的眼睛，而是在刺疼你的神经，你的血管，直到……刺疼你的灵魂。

残砖断瓦下掩埋的浸血的书包、狂雪肆虐中凄喊的冤魂、祁连山下过早凋零的少女之花、芦花荡里那只触目惊心的脚踝……哪一处章节，不让人的眼睛流血！

当然，久辛也写了黑暗中的光亮，写到了火，写到了信仰，写到了奋起和抗争，但所有这一切，同样伴随着无数血的祭献和太多的生命的消失，让我辈每读一句，都心头发紧。

读久辛的这些诗，你能感到它们不是从口中吟唱出来，甚至也不是用笔写出来的，而是用钢钎凿出来，用夯石砸出来，用刀砍，用斧劈，在花岗岩和大理石上完成的。它让你震动，让你警醒，让你内疚，也让你沉思和反省。让人从这些诗句中走过，有如穿过一通长长的望不到尽头的诗的碑林，你会在心里默念那些你熟悉或陌生的名字：瞿秋白、董振堂、王春祥、朱凡……然后，你会觉得自己的灵魂在与这些名字擦肩而过后，无形中完成了一次超度和涅槃。

合上最后一页沉重的书稿时，我能感觉到耳边有一支似有若无的夯歌在回荡：哼呦、嗨呦的号子在我的周遭轰响。这夯歌已经在历史的长廊上轰响了一百年，一个崭新的国家也在夯石的起落中渐渐地显出她伟岸的轮廓。为了这一天，她的地基下注满了鲜血，填满了尸骨，也铸进了几千个年轮的光热和希望。尽管你知道乌云还会翻滚，大雨还会滂沱，道路也还很漫长，大洋彼岸还会有飓风和寒流阵阵袭来，但正像久辛的诗所赞美的那样，这支渴望一个民族伟大复兴的夯歌不会停下来，因为它，是一支没有休止符，也就不可能停歇或中断的进行曲。

如果谁对这一点表示怀疑，那么，就请他走进这座诗的陵园，把倾听的脚步放轻，穿过一位叫王久辛的诗人，以一己之力，为我们民族镌刻出的这片诗的碑林。

它会告诉你，一个民族的苦难有多沉重，她渴望重生的愿望就有多强烈，而这，就是希望所在，你必须坚信。

2018 年 10 月 16 日凌晨

（作者系著名作家、军事理论家、评论家、空军少将）

目录

1

大地夯歌

——谨以此诗为中国工农红军将士铸碑

九泉下，索尔兹伯里①又一次来到延安。他在杨家岭的羊肠小道上碰到了我的大舅王春祥②——一位年仅二十岁的红军抗大学员。索尔兹伯里对大舅说："长征是人类求生存的凯歌。"大舅问："什么？再说一遍。"他又说了一遍"长征是人类求生存的凯歌"。大舅说："太洋气啦，什么人类啊生存啊凯歌啊，不要说陕北农民听不懂，江西贵州四川和全国的工农大众也听不懂呀。"索尔兹伯里显然听懂了大舅的意思，他反问："那你说呢？"大舅说："长征是建立新中国的夯歌。""夯歌？什么是夯歌？"索尔兹伯里疑惑了。大舅答："就是中国的老百姓盖房子打地基时唱的歌，懂吗？"

——题记

---

① 索尔兹伯里：名著《长征——闻所未闻的故事》的作者。

② 大舅王春祥：又名王渊明，1936 年从洛阳铁路工厂偷偷背着父母亲跑到了延安。据战友原国务院工厂管理局局长杨子健回忆，王春祥 1938 年从抗日军政大学毕业后，被党派往湖北，后因叛徒出卖，于 1944 年和八名抗大学员一起在湖北应城被国民党活埋，牺牲时年仅二十六岁。

序诗

井冈山　五月的清晨
阳光寻觅着昨夜的雨脚
湿漉漉的树　草和花
被它发现　它听见
被滋润了一夜的山坡上
那些树上的鸟　蝉和
地上的狗与公鸡在高歌

我沿着彩蝶扑闪的歌声
望去　看见一只松鼠
眼睛贼亮亮的松鼠
它先是蹿上了松枝
尔后又飞跃而下　机警地
钻进了拳头大小的岩洞
嗯　它在洞里
在洞的深处　湿漉漉的深处
能看见什么呢
什么将被它看见呢
它看见的一切　将向它讲述
什么呢　什么向它讲述之后
会令它感同身受呢

我不知道　我和它一样
钻进了一个像岩洞一样的词
也是湿漉漉的　湿漉漉的幽深

又漫长　我的视力很差
这个岩洞或这个词内的每一厘
每一寸　岩层与泥层
都在向我展示蓬勃的笑脸
与纵横的泪水　切齿的仇恨
与带血的杀声　展示
狂轰滥炸中高扬的旗帜
展示尸横遍野的大地上
漫延的无尽的篝火
展示白骨架着白骨的山脊上
耸立起来的信仰
和一条条江水连着一道道
河湾　汇流而成的血海之上
那意志升起的　风帆

我看见了肉搏　看见了
千万次整团整师的肉搏
喷着血　像奔涌的瀑布
向天空迸射　飞溅着
绚丽的理想之歌　那是死亡
那是死亡连着死亡的海潮
一波倒下又冲过来倒下的
一波　那是英烈的波涛
翻卷着英烈的魂魄
一排一排排排相叠
叠涌而出的波峰浪谷
是肉搏的浪谷波峰　又在

大　地　夯　歌

肉搏的浪谷波峰间

激荡　　那是前仆后继的海潮

翻卷着义无反顾的波涛

惊涛裂岸

英灵冲天

在这个岩洞或这个词的深处

我的手在颤抖　　心在颤抖

我不能理解的一切现在终于理解

我不能认识的一切现在终于认识

我说：长征

不仅是求生存的努力

更是创业者狂吼①的第一阵夯歌

第一章

吭哟　　吭哟

抡起来哟　　嗨哟

砸下去哟　　嗨哟

用命抡哟　　嗨哟

砸个坑哟　　嗨哟

同志哥哟　　嗨哟

打土豪哟　　嗨哟

分田地哟　　嗨哟

---

　　①　有陈毅元帅的诗词为证："创业艰难百战多"。长征，应是中国共产党人艰苦创业的第一个伟大的历史阶段。

要翻身哟　嗨哟

嗨哟　嗨哟　吭哟　吭哟

共产党哟　嗨哟

为大众哟　嗨哟

嗨哟　嗨哟　吭哟　吭哟

拼了命哟　嗨哟

当红军哟　嗨哟

嗨哟哟　嗨哟

嗨哟哟　嗨哟

一

——红土地上

夯歌金灿灿地响了起来……

这夯歌的每一个音符

都不是音符而是命运的旋律

这旋律的每一节乐章

都不是乐章而是生命的绝响

它看上去有点原始

有点粗砺蛮荒与草腥的气息

哦　上千年了

中国　就一直沉沦在

半原始的水深火热之中

包括所谓富裕的土豪劣绅

也因极端的自私而远离了

无我的高尚　使西方的路人
都在悠闲自在地高歌：
东方走向了衰落不再荣光
太阳降落的地方西方正在兴旺……①

二

哦　他们听不到瑞金的夯歌
却看到了东方的军阀
官僚　看到了愚昧与专制
看到了独裁自大与封闭残忍
看到了冷酷无情与饿殍遍野

哦　他们看到的是一个
不会生长公平的社会
他们感受到的是一个
不会伸张正义的国疆
这样的社会　文明该怎样来正视
这样的制度　人道该怎样来关怀
自由　根本就没有种子
民主　甚至还没有成为梦想
荒凉与瘠薄的大地
还不曾闪烁思想的光芒
饥饿与贫寒的工农

_____

① 美国第二任总统约翰·亚当斯（1735—1826）回忆说：
他小时候经常在马路上高唱这首歌。

还无法不四处逃荒流浪

我猜想它或许正是八国联军
突入国门瓜分我们的理由
我猜想它或许正是闭关锁国
夜郎自大停滞不前的祸殃
这不仅是西方对东方的蔑视
也不仅仅是一个国家
对另一个国家的傲慢与偏见
我猜想啊这或许正是崭新的
文明之上那种我们至今
还不曾体验的优越与自豪的
自然流露　如若把它狭隘地
理解成蔑视与轻狂
那或许正是我们的悲哀与沮丧……

三

夯歌　终于从人心
如岩浆般迸射出来了
赤红的岩浆如礼花的缤纷
把瑞金城点染得彤红彤红

打土豪啊　分田地啊
一句粗野简单的口号
却撞破了千年沉疴
把新世纪的洪钟大吕

撞响　那是彤红的命运
谱写的彤红的绝唱
响彻云霄的钟声里
有无尽的热血
伴着理想在飞翔
所有为创业而打夯的人们
都把力量　融进了翅膀……

四

……包括博古　李德
所有中国工农红军的决策者
他们之所以成为前驱
成为令我们后辈仰望敬畏的
先烈　是因为他们的所有付出
包括错误的决断
盲目与固执的坚持
有意与无意间的互相伤害
等等　都是为了苏维埃
他们是理想与信仰的追求者
更是与家庭与阶层
决裂与背叛的时代先锋
他们争吵　拍桌子
甩帽子　扬长而去
不是民主的民主
不是批判的批判
尖锐的交锋

全来自急切的梦想
和牢不可破的坚定信念

他们没有个人的尊严
包括身家性命
也早已交给了革命
所以无所谓否定
无所谓否定之否定
关于突破四道封锁线
关于打破国民党的铁桶合围
等等　陈述与表达
商讨与决断
那些个日日夜夜啊
每一分　每一秒
都在流血和牺牲
一次又一次的反围剿
犹如一次又一次的血战
没有退路　只有
向前　不向前插入缝隙
与死角　不把刀锋磨利
磨尖　决没有杀开血路的
可能　而所有的可能
都离不开慧眼的发现

五

发现　什么是发现

发现就是在对手没有任何
问题的地方　发现问题
并且是要命的问题
然后是迅雷不及掩耳的攻击
从而给对手一个措手不及
并导致对手最终失败

哦　没有任何问题的问题
如何如何发现　这个没有
任何问题的问题　苍天没有
颁诏　大地没有拟旨
答案写在人心　写在人
心与心的碰撞　心与心的角力
心与心之间那细微
又最微妙的洞见……

然后才是行动　才是插入
那个洞见　用全身心的力量
插入　不顾一切地插入
插入　并且立刻扩大战果
立刻大纵深宽正面进攻
用血战到死的决绝
逼迫对手瓦解　崩溃

缝隙　细若游丝的
缝隙　直接关系着
大局的胜败　关键的

关键　　就在于时间
在于时间与空间的错动中
牢记　　没有神只有人
有人就有闪失
人人都有闪失　　又关键的
关键是——作为对手
你必须保证自己
决没有闪失　　然后才是
你发现没发现对手失误的
那条人心几乎无法看见的
缝隙　　你发现没发现
那条可以制胜的缝隙
并且迅猛地插入　　插入
并且彻底撕开　　彻底撕开
甚至一气之下　　撕它个稀巴烂

哦　　你发现了没发现
那致命的缝隙

六

缝隙　　在哪里哪里有
缝隙　　留待红军来插
来钻　　哪里　　到处是
碉堡群　　碉堡群连着
碉堡群　　交叉的枪眼
如狼群的利齿　　一排一排

挺拔而又坚挺　恨不能
把红军一口吞吃　彻底
嚼烂彻底嚼烂　红军
向哪里走　向哪里走
能避免被吃的噩运
从哪里走　哪里能绝处逢生
开出一片勃勃生机的
——根据地

铁桶严丝合缝
甚至密不透风
令人窒息的合围
没给红军留下任何隙缝
毛泽东望着东升的月亮
在琢磨着长夜背后的黎明

第二章

吭哟　吭哟
抡起来哟　嗨哟
砸下去哟　嗨哟
用命抡哟　嗨哟
抡高高哟　嗨哟
砸个坑哟　嗨哟
要奋斗哟　嗨哟
有牺牲哟　嗨哟
咱知道哟　嗨哟

嗨哟　嗨哟　吭哟　吭哟
生个明白　嗨哟
死个痛快　嗨哟
要公平哟　嗨哟
要正义哟　嗨哟

嗨哟　嗨哟　吭哟　吭哟
铁了心哟　嗨哟
干到底哟　嗨哟
嗨哟哟　嗨哟
嗨哟哟　嗨哟

七

——滚滚湘江水哟
夯歌红彤彤地流过来了……

湘江　你死我活
红军与十倍于己的
白军对垒　头撞头
头撞飞机
头撞大炮的弹丸
弹丸　粉身碎骨
理想　坚如金钢
金钢冲锋　金钢突刺
金钢把不变的信念
变成锋利之刃
杀得白军　胆战心惊

胆战心惊　那一身的雄风
那一身的豪侠　与仗义
在红色信念的锻铸之后
成为金钢勇士
勇士辉煌　把理想
写在湘江　又用鲜红的
热血　把湘江染红
把两岸所有的映山红浇灌

哦　那一刻哟
仿佛江水也有了信仰……

八

那是数万红军将士的血
谱写的夯歌　那是数万红军
将士的白骨　熔铸的夯锤
夯锤　夯锤哟夯锤
重如千钧的夯锤哟
当你被拉起来
就是希望被拉起来了哟
拉起希望拉起希望哟
拉起来　拉起来哟
把希望拉得高高　拉得
高高哟　夯下去夯下去
夯下去呀　把希望
夯实呵　把希望

夯瓷呵　这是为
新世纪奠基　这是为
新中国高歌　必须用希望
来夯　必须用全部全部的希望
来夯　夯啊夯啊
用全部的身家性命夯啊
夯啊　用血用肉
用周身的每一寸骨头
夯啊　夯啊夯啊
用一颗颗心　夯啊

哦　那一刻哟
仿佛大地也有了理想……

九

湘江啊湘江　那是谁
举着扁担　端着粪叉
手拎着菜刀向白匪冲去
红军哥哥哟
又有多少红军哥哥哟
扛的是父亲留下的枪
吃的是叔叔伯伯留下的粮
一群又一群十二三岁的
童养媳　深夜出逃
追赶着飞也似的红军队伍
她们不做旧世界的商品

她们要做自由的人
要为男女平等的社会去拼杀呀
要死也要死在心甘情愿的大道上

哦　那一刻哟
仿佛天下所有的贫苦工农
都有了为谁打仗的明确主张……

十

他们没有眼泪　眼泪
已化作大刀的横飞竖砍
长矛的力透胸背　他们
把突入胸口的刺刀拔出
用仅剩的　一口好牙
把敌人的耳朵　鼻子
或者身上的肉　咬下来
倒下时　口还未松眼还未合
手　还紧紧地掐着敌人的
脖颈　似鹰爪般狞利与雄强

哦　那一刻哟
仿佛所有的红军将士
都获得了神祇赋予的无穷力量

十一

他们不知道什么叫死亡

为了苏维埃　他们用牙咬
用命拼　他们要
捍卫活着的理由
和死的尊严　他们是
赤贫的贵族　是上无片瓦
下无插针之地的　精神
富翁　他们不知道
什么叫恐惧　为心向往之的
梦想　去拼去啃去死
那是他们最最向往的天堂啊

哦　那一刻哟——
草木含情　万物生辉
仿佛所有生灵的眼睛
都在把黎明的曙光　张望

十二

哦　尸骨与热血在说
在说：敌强我弱
杀不出血路　撕不开裂缝
戳不穿那钢铁的合围
怎么办　在遵义
在柏公馆　红军在研究
怎么办　怎么办
从何入手　从哪里突围
哪里能插进一把钢刀

然后　狂搅猛旋
搅旋出一道拯救红军的生命线

这是死生之地的抉择
所有人合上双眼
都是血海翻滚
都是尸山峥嵘
怎么办　怎么办
在血海之上
凝成一个巨大的疑问
哦　所有的红军将士
此刻　都如望月的眼睛
渴望把乌云望穿……

十三

博古的自信消失了
李德的固执没影了
周恩来望着毛润之
毛润之焦虑地吸着烟
又吐着烟　一支接一支
烟雾　似青山上的流岚
轻轻地飘过王稼祥的眼镜
又在周恩来的后脑勺儿
穿过　仿佛夯歌的尾音
又似命运完结的余韵
袅袅飘散　袅袅飘散

俄顷　夯歌又响起来了
打夯的人们没有气馁
创业的英勇不会中断
在遵义　在柏公馆
在二楼的那间会客厅里
起先是博古和恩来的报告
后来是张闻天的发言
毛润之是最后讲的话
他不是总结却处处在归纳
他不是分析却时时在对比
他没有说博古长短
却用灵活机动的想象
省略了机械呆板的战法
他甚至没有一点对李德的责备
却用一句近似乡间俚语的土话
否定了李德劳而无功的全部失算

十四

——遵义城的晚霞之上哟
夯歌如彩绸款款舞动飘扬……

革命不是请客吃饭
打仗不是绣花镶花
革命是你砍我的头
我割你的脑袋
是要命的政治谋略

是无情的杀人魔幻

谦让不得客气不得

那是有棱有角的原则

失之毫厘必有祸患

必有人头落地

大旗倒翻　必有

乾坤的翻覆倒转

所以　谁

也别说废话

打仗　就是打仗

与坚定的理想无关

与崇高的信仰无碍

你打赢啦　我就死定

我打赢啦　你就玩完

不管你是谁　是天是地

是天王老子　咱也不管

很简单　毛润之说

一句话——打得赢

就打　打不赢

也不能玩完　咱还有理想

要去追求　咱还有信仰

要去实践——所以嘛

他深吸一口烟

然后　从容地

吐出来　又说

就不能死打硬拼

就得把眼光放远

就不要计较成败

该跑　就得跑

跑不赢　就得钻

钻山沟　蹿山梁子

蹿得无影无踪

像孙悟空七十二变

让你找不着

让你晕头转向

我呢

想什么时候钻出来

想怎么钻出来

想在你前面钻出来

想在你后面钻出来

就怎么钻出来　不管

白天　还是深夜

都是出奇不意

都是异想天开

你想管　管不着

你不想管　太好啦

正中下怀　我就来管你

管你要脑袋

要命　要创造红色江山

哦哦　一个极端的浪漫主义诗人

在残酷的战争中　被逼成了

现实主义的　极端浪漫……

十五

他口若悬河
又戛然而止
话锋所到之处
疑云倾刻消散
然后就是开心的笑
并且是开怀的大笑
是大家一起笑
是一起前仰后合的浪笑
笑声破窗而出直刺夕阳
夕阳洒满天霞彩　霞彩
把大地染得红艳　红艳
红艳艳的东方智慧
诡异奇幻　如雨后彩虹
那动人的风采　没有经历的人
永远别想看见　毛润之说
高贵者最愚蠢　卑贱者
最聪明　那意思是——
文无定法　水无常态
我们的军事思想
红军的战略战术
乃神出鬼没
气象万千

所有的决策者
都在聆听　犹如聆听天籁

第三章

嗨哟哟　嗨哟

吭哟哟　吭哟

抡起来呀吽　呼咳

落下去呀吽　呼咳

再来一下呀吽　呼咳

夯它个瓷呀吽　呼咳

再来两下呀吽　呼咳

夯它个实呀吽　呼咳

再来三下呀吽　呼咳

夯个瓷实呀吽　呼咳

呼咳咳　呼咳

呼咳咳　呼咳

十六

——赤水潺潺哟

夯歌犹如跌入水中的星星

眨着神秘的眼睛……

一位沉默的领夯人

终于把他心中疯野

娴熟的旋律　像挥洒

狂草那样　一笔甩出

那个潇洒　帅气

那个劲道　腕力

那个落笔如惊雷滚动
那个收锋似入海蛟龙
气魄　纳云海千重
罩万里江山如画如诗
神韵　放古国异彩
吐大地芳华似锦似绣

八十年过去了
既使今天望一眼
他的墨迹　仍不难理解
他奇绝险峻的人生
与力挽狂澜的气概

十七

一条赤水河
两路大军得令
风云际会
一触即发

润之　中正
各蕴心力
中正追堵　两面夹击
润之腾挪　见缝插针
中正大坝高筑
润之如蚁毁堤
中正穷追猛打

润之砍掉尾巴

一个精于算计
一个敢舍能弃
一样的雄心壮志
两样的胸襟文章

中正居高临下
刚好摆阵布兵
然人心向背
如盲人摸象
不得要领

润之仰攻艰难
原本寸步难行
然众志成城
如探囊取物
煞是英明

十八

看呐——
赤水河畔
风高云低
润之空拳一伸
中正费尽心机
有即是无

无即是有

有无之间有纵横

纵横之间有天地

天地之间有伟业啊

中正要伟业

他猜——有

润之要吃饭

他示——无

红军一渡赤水成功

十九

看呐——

赤水滔滔

倾盆大雨

润之再伸空拳

中正更加审慎

无即是有

有即是无

无有之间有虚实

虚实之间有黑白

黑白之间有界线啊

中正要界线

他猜——有

润之要发展

他示——无

红军二渡赤水成功

二十

哦哦——
赤水呜咽
湍急浪卷
润之笑伸空拳
中正凝神细辨
有他无我
有我无他
他我之间有真假
真假之间有伪善
伪善之间有忠奸啊
中正要忠奸
他猜——有
润之要革命
他示——无

红军三渡赤水成功

二十一

呵呵——
还猜吗？
历史没有停止
智慧不会中断

赤水拍天

涛鸣浪卷

润之再伸空拳

中正绞尽脑汁

无我有他

有他无我

我他之间有对错

对错之间有成败

成败之间有江山啊

中正爱江山

他猜——有

润之要民心

他示——无

红军四渡赤水成功

二十二

无即是空

空即是无

无产者原本就两手空空

泽东连出四个空

四个空中一个无

无我即是我

无形即是形

无声胜有声啊

我如光　披之于地

于是地广受润泽
葳蕤葱茏　青翠茂盛
故泽东用术
乃草木皆兵
无处不在

空即是无
无即是空
无产者原本就四大皆空
泽东连出四个空
四个空中一个我
有我是我
无我是我
无踪即是踪
无骨即是骨
我如水　入之于孔
于是水刃泥石下
堤毁一旦　防不胜防
故泽东用计
乃无孔不入
隙缝开天

一条赤水河
两种智慧的较量
叫天天不应
喊地地不灵
它是内敛的心机

不是阴毒的暗算
介石心有不甘
泽东大步向前

二十三

一线金橘色的霞缕
从云翳的缝隙中穿出
斜斜地照在赶往乌龙江的
先遣团脚上　那是泥脚
泥腿泥人的队伍　仰头
沿霞缕望去　缝隙
正飞快地合拢　霞缕
也飞快地消失　笑容
还在战士脸上　荡漾
甚至来不及发出笑声
便彻底　消失了

泥脚更快了　吧唧吧唧
一片吧唧吧唧　吧唧吧唧的
泥脚　在山路上奔突
吧唧的奔突　天越来越暗
吧唧越来越响　越来越响
又下雨了　又下大雨了
吧唧中又加入了大雨打在
树叶上的噼啪　噼啪的吧唧
吧唧的噼啪　噼噼啪啪

啪啪噼噼　吧唧的噼啪
噼啪的吧唧　吧唧吧唧
吧唧的噼噼啪啪　噼啪的
吧吧唧唧　奔突　奔突
一片吧吧唧唧　噼噼啪啪的
奔突　大雨中的奔突
一群泥人的奔突——
乌龙江奔入双耳
奔入一群泥人的双耳
是吧唧噼啪中又加入哗哗的
涛声的乌龙江　乌龙江哗哗着
吧吧唧唧　噼噼啪啪
噼啪的哗哗哗
吧唧的哗哗哗
哗哗哗的噼噼啪啪
哗哗哗的吧吧唧唧
到了　到了
团长喘口气
仰头　挥手
突击队跃上竹筏子
四只竹筏子冲入波涛
汹涌的波涛和疯狂的铅弹
向突击队迎头打来　一个
又一个中弹　竹筏子
竹筏子在江中旋转起伏
起伏旋转　大风大雨
大雨大风　挡不住呐喊

挡不住冲锋　挡不住勇猛
那是勇猛的理想为信仰在冲
那是信仰的勇猛为理想在冲
在如雨的铅弹中向前
在如弹的大雨中向前
一次　两次　冲上岸
迎着阻击的弹雨　奔向
岸崖的绝壁　先用一个
五指　抠住石壁上的缝隙
脚蹬牢　再用另一个五指
抠住更上边的石嘴　引体
向上　换手抓抠　一点一点
抠拉上去　两个五指
似十个鹰爪　最后一个五指
抠紧石缝　另一个五指
掏出手榴弹　牙咬引芯
然后猛甩　十颗二十颗
泥人们就着爆炸　翻身
上崖　十几挺机关枪
一齐咆哮　暴雨倾盆而下
和着铅弹　伴着雷鸣
一百二十位泥人
像一百二十座
狂奔的铜雕　冲了上去……

二十四

这是缝隙中的战斗　介石
预想的所有战场　都不是
战场　介石没想到的
战场　却遍地开花
此刻　介石又晕头转向啦
据报　不仅黔北
清水江　发现中央红军
连坐镇指挥的贵阳城下
也有红军在运动　介石
摸着没毛的脑袋　乖乖
一头冷汗　再一摸
汗湿了前襟后背　倒抽
冷气　喃喃：
冲我来啦　要活捉我
——娘稀屁　来人
什么叫总指挥
总指挥就是总指挥着
别人　来保卫总指挥啊

第四章

哎嗨嗨哟哟　哎嗨嗨哟
一个夯锤八双手哟　八双手哟
一个连队几十口哟　几十口哟
拉起那大夯打白匪哟　打白匪哟

冲锋陷阵咱不怕死哟　　不怕死哟

打倒土豪咱分田地哟　　分田地哟

天新地新咱做主人哟　　做主人哟

一夯两夯连三夯哟　　连三夯哟

三夯四夯连八夯哟　　连八夯哟

夯实那心眼咱跟党走哟

夯实那心眼咱跟党走哟

哎嗨嗨哟哟　　哎嗨嗨哟哟

哎嗨嗨哟哟　　哎嗨嗨哟哟

二十五

——青山座座哟

那是夯歌气冲霄汉的一块块丰碑……

闽浙赣苏维埃政府主席

此刻　　被敌人重重围困

他可以立刻突围

却迎着飞雪如玉树临风

篝火映照着他的身和脸上

紧锁的浓眉　　他在等待

被打散的战友　　时针在走

敌人也在走　　他甚至不怕

暴露自己　　敌人冲上来了

子弹在他身边呼啸　　嗖嗖

嗖嗖　　他迎着嗖嗖的弹雨

在弹雨嗖嗖的雪野上

掩护战友　却被身后
蜂拥而上的敌人围住……

他　方志敏的遗言是：
敌人只能砍下我们的头颅
决不能动摇我们的信念
五十八年来　他的遗言
已编入中小学教材
当年背诵课文的少年
如今也有了孙子孙女
还是那段课文　还是那个信念
我要追问的是啊——
如果爷爷和奶奶　爸爸和妈妈
都坚信不移
信仰　还有什么危机
血脉的承传　又怎能中断

二十六

想想烈士瞿秋白吧
罗汉岭下他盘腿坐在青草上
仿佛他要用自己的魂魄
来护佑儿女般的小草
他对身后的刽子手说：
就这里了　开枪吧

他的血　欢快如歌地

流出来了 仿佛
他在用自己的爱 欢笑着
一点一点 洇润着泥土
像母亲那样把自己的每一滴
乳汁 全都挤给孩子 他要
哺育青草一样的理想
和信仰一样的明天

秋白哺育的明天
就是今天 今天谁还相信
这种护佑灵魂的无私
我说呵 这不是神话传说
咱们的前辈 就是这样从容高尚
你信 他们去了
你不信 他们也去了
他们用他们全部的生命
昭告世界 信仰啊
就这么绚丽夺目 迷人烂漫
生如鲜花娇媚之盛开
死若流星倏忽之一闪
仿佛天下的美人集于一身
命她所有的钟情者
海枯石烂
心也不变……

二十七

信仰 什么是信仰

当你步上高台　听人讲起
红五军军长董振堂①
弹尽粮绝　自杀后的身体
被敌人绑在大炮的炮口上
然后开炮　董军长的身体
被炮火轰上了蓝天
哦　蓝天是那么的蓝
蓝得让人心驰神往呵
让人想起了大海的纯净
与碧透　想起了心灵的壮阔
与无边　他的身体
他的身体飞了上去
是一块一块血肉的飞扬
是一块一块碎骨的飞射
那是真正的理想的超度
那是真正的信仰的涅槃
他　像一镑抡起的夯锤
抡了上去呵抡了上去
我说　那抡向蓝天
又从蓝天缓缓砸下的
一块　一块血肉
和一块　又一块
骨头的　另一个名字

————

　　① 董振堂：字绍仲，1931 年 12 月 14 日，与赵博生一起举行了震惊中外的宁都起义，参加了红军，任红五军团军团长。1937 年 1 月 20 日，董振堂及全军将士终因寡不敌众在高台壮烈牺牲，时年 42 岁。

就叫——理想
就是——信仰

二十八

哦，今天
我们还有多少忠诚
在捍卫我们的深情挚爱
还有多少坚贞　理解了
爱的博大　而勇往直前
又有多少胆量和恒心啊
敢于正视这血淋淋的理想
还有多少智慧啊
敢于追求这有去无回的信念

哦哦　蓝天啊蓝天
谁在思考谁又在追问
时代不是前进了吗
人的素质不是提高了吗
从过去到现在
谁还在想　谁还在问啊
如果前进的时代没有灵魂
我们该怎样来面对希望
如果提高的素质没有理想
我们又该怎样来期待未来

哦哦　董振堂啊——

你的碎尸万段

你的粉身碎骨

给我们今天的自由和民主

平等和博爱

赋予了多么高贵

与坚定的　想象啊

又给我们的子孙后代

明天和未来

赋予了多么深厚

与宽广的　精神源泉啊

二十九

哦哦　还有红三十四师师长

陈树湘①　他腹部中弹

昏迷中被俘　在弯弯的山道上

企图将他抬去领赏的敌人

惊呆了——陈师长

像从衣兜里掏东西似的

正从淌血的伤口

把自己的肠子　一截一截

掏出　又一截一截

扯断　他的脸上

———————————

　　①　陈树湘：湖南省长沙县人，1925 年加入中国共产党，1927 年参加南昌起义，后又随团参加湘赣边界秋收起义，并上井冈山，参加了中央革命根据地历次反"围剿"战斗。

是平静的　像在平静地
处理一件　并不重要的小事
然后　他　轰然倒下
没有痛苦　奇异的安详
为自己的抉择去死
为自己的向往去死
他甚至　没给敌人留下
一个领赏的机会　没给

三十

绝决　不是一个词
而是清醒的绞疼之极
是意志与钢铁的较量
是把自己当作鸡蛋
迅猛地砸在敌人的脸上
那是落花流水的果断与追求
那是用生命来兑现的誓言
山不动容　它没有感情
水不呜咽　它没有心灵
我若没有心痛　我呀
就决不是有信念的一代

哦哦　他二十九岁的头颅
被砍下　被挂在城墙上
他的母亲和妻子
每天都来看他　看他那坚强

和倔犟 　并试图理解

儿子与丈夫的心灵深处

那折不断的脊梁

从那时到今天 　我坚信

陈树湘师长的钢筋铁骨

就一直挺立在

毛泽东亲手奠基的

那高耸的人民英雄纪念碑上

他会对前来献花的少男少女们

说些什么呢 　他必定会说：

我知道生命可贵

但我更知道啊 　选择了

就决不后悔……

第五章

拉哟吆拉大夯 　哟吼

沉哟吆沉死人 　哟吼

沉也拉它个起 　哟吼

不信它拉不起 　哟吼

起来就轻又轻 　哟吼

落下就一个坑 　哟吼

坑坑连成星 　哟吼

星星排成行 　哟吼

行行当红军 　哟吼

红军打天下 　哟吼

　……

三十一

——雪山草地哟
那是白色夯歌伴着绿色夯歌
从红军脚下走出来的生命之河……

嗯　今天的孩子们
都知道大渡河　知道
安顺场　铁索桥
十七个踩波踏浪的勇士
在枪林弹雨中畅泳
二十二个飞夺泸定的英雄
在悬空铁索上冲锋
视死如归　在他们身上
是畅泳的血肉　舍生忘死
在他们心里　是冲锋的
魂灵　抬头仰望
北斗星　仰望北斗星啊
那些倒下的勇士　那些
献身的英雄　他们心中
至死默念的　是苏维埃
是瑞金城　是中央红军
与红四方面军的早日重逢

三十二

他们走在人迹罕至的雪山上

不要说狂暴的大雪夹着冰雹
既使一阵风　对于身穿短裤的红军
也是锥心刺骨的疼痛
一名炊事员倒下了　他背着
一口行军锅说：别丢下它
下山……要用……
又一名担架员倒下了　甚至
来不及说一句话　另一名
战士又抬起了担架……
一步一个雪窝　一个雪窝
一个英雄　一个故事　一个传说

哦哦　传说——
这冰山上的来客可不是传说
它是传说前的故事故事前的
雪窝　它是雪窝中走来的英雄
至今　还在我们的梦中跋涉……
看见了吧　那低头行军的女战士
看见了吧　那白雪掩埋的担架员
我知道你看见了
你涨红的脸和洒落的泪
告诉我　你和我一样
开始理解长征了啊
否则你为何在心里　一寸
一寸地丈量着长征的沟沟壑壑……

三十三

距离　把兄弟情拉得很长
很长的兄弟情变成了想象
当想象遇到了千难万险
千难万险又把想象变成了
想象的万险千难　于是
万险千难便被中央红军彻底体验
两大主力在木城沟拥抱了
喜极之泣　仍然超越了想象

面对大盆大盆香气四溢的羊肉
牦牛肉和青稞酒　饿极的战士们
还没动筷子　就呜呜地哭了
开始是一个人小声哭泣
后来知道他为半天前
倒在雪山的班长难过
全桌人都哭了　都想起了
一路上倒下的战友……
那岂止一个两个十个八个
那是成千上万啊——
成千上万的兄弟姐妹呀
尸堆成了山　血流成了河
一桌传染一桌　桌桌是泪雨滂沱
一片滂沱的泪雨　代表了
重逢的　所有欢乐……

三十四

哦感情　什么是感情
今天我们还有多少感情
能够理解这喜极之泣的欢乐
这欢乐意味着什么呢
什么被理解之后人会变得坚强
什么被认识之后人会懂得生活
哦哦——
儿子不理解他们还小哦
孙子不理解他们还有未来啊
我们　我们若是不理解啊
就永远不认识圣洁的感情
哺育的——美德

三十五

大草地走来了　带着绵延
二百公里的高原湿地
和数不胜数的淤泥深潭
犹如无声的陷阱和地雷阵
横亘在先遣团红军的脚下
毛泽东一手掐腰
一手指着大草地

对杨成武①说：由此前进

由此前进　一个传给另一个
一个一个　一共八千多个
八千多个　由此前进
拧成一种精神　一种
迎着死亡　由此——大草地
前进的——意志　这是人类
历史上　最艰难最险恶
也是最惊心的　前进

前进　前进
当我们今天想起
这个前进　便觉得
这一块彤红彤红的前进
比任何意志　都鲜艳……

三十六

那是野茫茫的红色篝火
火焰飘舞在松潘大草地
天下着霏霏细雪
断粮了　火焰
仿佛替红军呼喊
断水了　火焰

---

　　①　杨成武：1929 年参加中国工农红军，历任红军师政治委
员、师长等职，参加了中央苏区历次反"围剿"和长征。

仿佛替红军抗争
后来野菜挖光了
皮带吃净了
饥饿仍像看不见的饿狼
吞噬着一位又一位
红军战士　尤其没有放过
那九位如诗的炊事员……

那是整整一个班呵
一个班的炊事员
把粮食全部送到团队
颗粒未留　滴水未沾
一任饥饿这条饿狼
一口一口地噬咬着
他们的生命　直至
吞食掉他们最后的一口气
和最后的一丝体温……

三十七

那天　雪花轻盈得像柳絮
在飘　在他们眼前轻飘
像抒情的歌儿一样优美
像纯洁的情诗一样动人
雪絮飘啊　飘啊
九位炊事员围坐在一堆
熄灭的篝火前　天亮了

天亮了　出发了
出发了　他们肩挨着肩
肩挨着肩　手拉着手
手拉着手　他们一动不动
一动不动　他们
比雕像更像雕像　他们
是真正永恒的雕像　他们
已经饿死了　据说天亮前
还听见他们在唱歌　在唱
打倒土豪　打倒土豪
分田地　分田地……

三十八

军团长站在这雕像前
许久许久才对警卫员说：
记住　到我们死的时候
也要这样　肩并着肩
手拉着手——我们为
一个理想而生　我们为
一个信仰而死　我们呵
我们永远只有一个目标——
就是建立苏维埃共和国啊

雪絮　还在飘着飘着
警卫员哭了　军团长说：
哭什么　他们死得其所

就如同以后我们死了
那也是死得其所
你怕了么　应：不怕
嗯　好样的　咱们走……

难以想象的想象
逼着我挤入历史的缝隙
去想象　这难以想象的
历史　而历史就是这样
总要超越人的想象
把人难以想象的想象
呈现在你的面前　逼着你
去想象　那从未想象过的
——想象　一次又一次……

三十九

军团长彭德怀下令：
杀掉我的坐骑——那匹
大黑骡子　那是他的老伙计啊
不仅驮着他出生入死
还曾在敌机狂轰滥炸的湘江
数次往返　驮着不会游泳的
战士过江　也曾在高寒缺氧的
雪山　背上驮着两名小红军
尾巴上拉拽着一名小红军
喘着大气　翻越

白雪皑皑的夹金山……
枪响了……大黑骡子
一动不动　一动不动
双眼疑惑地望着军团长
它不相信军团长会杀它
彭德怀走过来对它说：
伙计呀战士们就要饿死了
——对不起啊
大黑骡子才慢慢地倒下……

这匹不是战士的战士没有理想
甚至没有生存的自由　它牺牲了
为的是红军的信仰　是千百万人
不再像它一样　任人宰割
它如此地通晓人性与感情
倒下时　竟然没有一点点哀鸣

铅云低徊　阴风怒号
这是人类最悲怆的夯歌
它把人心撕裂了一千回
它把人性升华了一万倍
它是苦难背后的欢乐
它是献身之后的魂归

第六章

拉呀吆拉起来呀　呼儿嗨

砸呀吆砸下去呀　　呼儿嗨
砸它个稀巴烂呀　　呼儿嗨
建立个苏维埃呀　　呼儿嗨
苏维埃是个啥呀　　呼儿嗨
啥是个苏维埃呀　　呼儿嗨
告诉你穷小子呀　　呼儿嗨
苏维埃是太阳呀　　呼儿嗨
那太阳照大地呀　　呼儿嗨
它不分你和我呀　　呼儿嗨
咱大家全平等呀　　呼儿嗨
都当家作主人呀　　呼儿嗨
呼儿嗨嗨　　呼儿嗨
呼儿嗨嗨　　呼儿嗨

四十

——哦哦　　多彩的夯歌哟
像捶胸顿足的父老乡亲
在把他的儿女们呼喊……

我曾在井冈山上瞭望
起伏的心潮如湘江的浪卷
我曾在大渡河畔徘徊
激荡的情怀似雪山的连绵
我的想象已经穷尽了
仍够不到先烈出生入死的边沿
我的思索超越了极限

仍未达到红军热血喷涌的顶端

在腊子口　我仰望着
猿猱也愁攀援的绝壁
万夫也莫开道的关隘
想象着红六连那敢死的
冲锋队　想象着他们
绝死的眼神和必胜的昂然
他们趴在地上　用胸脯和肘
用膝盖和脚趾　爬行
一寸一寸爬行　迎着尖啸的
子弹和凌利的弹片　爬行
直爬到月上中天　爬到
夜深人静　敌人困了
他们便爬进敌人的梦境
便爬进敌人起伏的鼾声

他们　一寸一寸地爬行
肘磨出了白骨
膝盖磨出了白骨
白骨是活动的白骨
白骨爬进了敌人的心脏
怦怦直跳的心脏
在腊子口怦怦直跳
敌人发现了他们
机枪向他们疯扫
他们没有眨眼

端着刺刀枪挥着大刀片
就冲进了敌阵……

刺刀直着突刺热血直着喷溅
对视的双眼直着冒火　呐喊
与厮杀　直着飞进
在零距离搅成一团
大刀抡出去了　抡出去了
疯舞的大刀在敌人的头上
横飞竖砍　横飞竖砍
哦　排长中弹了——
他扶着石壁呼叫：冲啊　向前

疯野的大刀在月光下闪耀
好似一千颗弯弯的月牙儿
在腊子口　寒光闪烁
闪得敌人胆寒
闪得敌人撒腿就跑
狂闪的月牙儿疯了
风卷残云
漫过了前山　又漫过了后山……

毛泽东激动了　喊：
好好　像吃辣子　解谗解谗

四十一

哪里有天堑　对于敢死的

冲锋队　天堑是不存在的
像红军一路闯关夺隘
还有什么困难　能把红军
北上的大会师阻拦

又是一个大雨如柱
又是一个半渡而击
红二十五军迎着席卷而来的
马蹄　踏踏踏踏的马蹄
抡起了大刀片　大刀片
在马腿上狂闪
一匹又一匹的马腿　伴着
一闪一闪的大刀片　扑咚
扑通扑通下跪栽头
扑通扑通下跪栽头
扑扑通通的马腿下跪
扑扑通通的下跪栽头
伴着骏马的声声嘶鸣
狅闪如电的大刀片
把那凄厉的嘶鸣变成了
疯狂的命运交响曲　变成了
拿破仑翻越阿尔卑斯山式的
英雄画卷　什么天堑不天堑
什么铁骑不铁骑
在红军面前统统是秋风中的
落叶　一风吹到二边……

四十二

接着是肉搏　是马刀与
大刀的你死我活　眼红了
血飞了　咬碎牙的厮杀
把大雨惊呆了　大雨停了
大雨驻足仰望　哦哦
天边直刺一片彩霞
一片彩霞被热血喷溅
更红了　更红的眼睛
像更红的旗帜　在阵地上
不屈地飘扬　飘扬
冲啊冲啊　红血在冲
红血在喷　红血在肉搏中
像一朵朵红艳艳的牡丹
一簇一簇　簇簇红血牡丹
点染着红色的江山
那是红军眼里的红色江山啊
他们仿佛看到了
那盛开着簇簇红血牡丹的
万里江山　妖娆的娇媚的
红血牡丹啊　每一朵的花蕊
都令人神往　那每盘花蕊上啊
都有彩翼般的理想　在翩跹
翩跹的理想犹如芳香
无处不在　到处弥漫
到处弥漫　谁说红军

不是怜香惜玉酷爱生活的人呢
他们就是为了自由的生活啊
才把生命抛到了一边
他们命令自己死拼
命令自己用热血去浇灌
血啊　你想象吧
如果不比红旗舞动得更欢
世界上所有的鲜红都不可能
盛开——绚丽和烂漫

为什么战旗美如画啊
这无名氏的慨叹
把残酷的极致
极致地浪漫……

四十三

……肉搏还在持续
马刀从前胸捅入
从后背穿出
大刀从脖颈掠过
脑袋在泥水中翻眼
杀呀杀呀　杀呀
哦哦　不幸啊

吴焕先①政委身中数弹
政委政委　政委
呼唤变成了呀呀嚎叫
变成了呀呀的嚎叫的刀光
闪闪　闪闪的刀光哟
像电　一道一道的光波
像一道一道闪电　闪电
闪电　闪电狂飞疯舞
似有一千张银盘在旋
在旋　比风还快
比电还亮　亮闪闪的
刀光哟　杀得天昏地暗……

哦哦　这一场厮杀
把夕阳杀得血红
把大地杀得血红
红二十五军杀得马匪
抱头鼠窜　抱头鼠窜
胜利了　胜利了胜利了
大家围在吴政委身边
没有哀乐　也没有挽联
大雨早就停了　而泪水
仍然止不住地横流

———————

　　① 吴焕先：1928 年，创建了一块农村革命根据地，1930
年，鄂豫皖特委成立以后，先后担任特委委员、中共黄安县委书
记和苏维埃党团书记。

所有人都像打了败仗
任凭泪水淹没了语言

语言啊　你飞吧飞吧
如果你飞到天边仍追不上
这泪水四溢的情感
那么就请你到烈士的墓园
去看看那只有十八九岁的红军
英俊刚毅的笑脸　寂静
无声　但每一张烈士的脸呵
都在替语言表达生命的内涵

我坚信　这寂静的内涵
是最动人的语言
我坚信　这语言的力量
必定世代相传
半个多世纪了呵
我却仍然被感染　我说：
谁要遗忘就让他遗忘去吧
我就是记忆　记忆就是我
我活着　记忆就别想中断……

四十四

元帅回忆道　浩渺沉寂的①

———————

　　①　徐向前：原名徐象谦，字子敬，参加了长征。诗中事例
均引自《徐向前回忆录》。

大草原　寒气凛冽
弥漫着深秋的肃杀气氛
红军第一次过草地时的痕迹
还很清晰　树枝搭成的
"人"字棚里　无法掩埋的
红军尸体　还堆在那里
元帅说到这里　起身出门
一个人站在雨中的大树下
仿佛又回到了大草地

三天后元帅又回忆道
红四方面军北上牺牲的
红军　有一个趴在地上
背上还背着一个同志
有两名女红军抬着伤员
一起牺牲　死时担架仍在
她俩的肩上　她俩的手
握着担架　赶来掩埋她俩的
战友怎么也无法将她们的手
掰开　阳光从窗棂照进来
元帅又一次　又一次受到
感情的阻击　他不得不
又一次走到门外　还是
那棵大树　却没有了雨
阳光像雨一样暖洋洋地
洒在元帅的脸上　元帅
长出一口气　对警卫员说

我们这些人呐早把泪水流干……

泪水啊　你流向了哪里
如果倾盆的大雨不饱含着深情
人世间所有的真诚都显得
苍白　寡淡与肤浅
为什么战旗美如画啊
这元帅的回忆　用平静
叙述刻骨　把刻骨
变成了　死不瞑目的纪念

四十五

……又是一场血战　镇东
是白军　镇西是红军
七天七夜的厮杀　有三个昼夜
在这个叫百丈的小镇中拉锯
尸骨错列　血流满街
只要看到白军人多便抱起
一捆手榴弹　连头都不回
就冲了上去　然后就是
一声巨响　就是一群
白军的血肉横飞　连嗥叫
都来不及　尤其到了深夜
到了月光都在颤抖的
肉搏之际　听吧你听吧
伴着轰轰隆隆的巨响

歌声又响了起来

开始是独唱

后来是小合唱

再后来是大合唱

是所有红军将士的歌唱

这是最后的斗争

这是最后的斗争

团结起来团结起来到明天

一捆又一捆手榴弹

冲进了敌群

一群又一群敌人飞上了

夜空　飞上了夜空

英特纳雄耐尔　轰轰轰

就一定要实现　轰　轰　轰

轰轰隆隆的血战　伴着

决死的歌声　把理想

和信仰　推到了人类

永远永远也无法抵达的极限

歌声啊　为何从古到今从未间断

如果哑默的内心没有旋律

那颤抖的双手　就是歌声

最高亢最优美的表达与展现

四十六

为什么战旗美如画啊

这视死如归的歌声
布满了白天又布满了夜晚
翻滚在天地之间
像海浪那样奔腾不息
海潮般海啸般狂飚般地
滚了过来　卷了过来　压了过来
那是石破惊天的巨浪啊
冲过来了　冲过来了
冲下去了　冲下去了
冲下去了啊
它要把这个不公平的世界
冲个底朝天……

我曾问天问地
红军为何有如此磅礴的膂力
有如此巨浪排空的肝胆
海潮般倒下一波
又冲过来倒下的海潮一波
他们没有爹娘要孝敬吗
他们没有妻儿要养育吗
他们如此轻生又如此决绝
这是为什么为什么啊

一位资深的老编辑告诉我
当一个国家百分之九十九的土地
和财富　被百分之一以下的人
占有　那么公平在哪里

正义又在哪里　这就是
百丈镇绝死拼杀的红军
与二万五千里长征的　所有
红军将士　灭不净杀不绝的
根源　这就是生不如死
死亦快哉　快哉呵
这就是历史对今天在说
平等与博爱啊　是人类和谐
永恒的精神　自由与民主啊
是维护公平与正义　永恒的锐眼
这是人类共同的精神硕果啊
不仅要以史为鉴
更要时刻默念……

四十七

哦　这一场血战呵
红军阵亡　八千
白军阵亡　一万三
二万多男儿女儿
转瞬之际又回到了从前
回到了从前的泥土之中
北平愤怒了　大学生与
北平的良心　一起愤怒了
他们迎着军警的棍棒
迎着被逮捕关押的凶险
冲向了大街

标语　铺天盖地的标语
口号　遮天蔽日的口号
全出自一个民族的尊严
和一个主权国家最底层的
呐喊　停止内战停止内战
一位又一位大学生
被警棍打得血花横飞
横飞的血花无比的鲜艳
那是民主之花　自由之花
那是强烈要求　一致对外
抗击日本侵略者的
——民族之花呵

血花在北平盛开
在上海在西安在武汉
在广州盛开　到处盛开的
血花　比真理更真实
比真实更鲜艳　比鲜艳更
刺目　它是鲜血
凝成的真理之花　它是
盛开的真理以血花的形式
在盛开　它奇异的芬芳
它芬芳的奇异
向蓝天向大地　飞奔
飞奔　直直地奔向人的心灵

仿佛成千上万的陈天华①

冲进了人心

撞响了《警世钟》

撞响了你无法不共鸣的

思想和情感——停止内战

停止内战　血花啊血花

哦哦　它用你无毋置疑的

力量　和你无法抵卸的

魅力　盛开了盛开了

使兰格盈盈的天哟

都弥漫着抗战的誓言……

四十八

哦哦　血花啊血花

你能不呼吸吗　你呼出的

是抗战　你吸进的

是抗战　血花啊血花

你能不睁眼吗　你睁开眼

是抗战　你闭上眼啊

还是——抗战

抗战　就是中国魂

抗战　就是世界与历史

送给中国良心的

———————

　　① 陈天华：字星台，号思黄，中国近代民主革命家，著有
《警世钟》一书。

一个耀眼夺目的　霹雳闪电
远在陕北窑洞的　中央红军
迅即被感染　被洞见
使本来就下定的决心
又下定了三倍的决心
通电三军　通电全国①
通电全世界——停止内战
停止内战——一致抗战
一致抗战　一致抗战

哦哦　这是热血托起的
呐喊　这是面对贪婪的
同仇敌忾　红军
甘孜会师　红军
会宁会师　红军
红军挥师北上　红军
东渡黄河　黄河的船夫哟
搬动你的桨橹　搬动你的
桨橹　摇啊摇啊
摇动中国命运的大橹哟
升起风帆　升起风帆哟
升起中国希望的风帆哟
一船又一船的抗日健儿
迎着汹涌的波涛迎着炮火硝烟

―――――――――

　　①　指毛泽东、朱德于1936年5月5日联合发表的《停战议
和一致抗日通电》。

冲向了　抗日最前线……

四十九

哦哦收锋　沉稳而又
内敛　低调而又雄健
宁肯不做这个领夯人
也要高举抗战的大旗
甚至甘愿接受整编
以构成民族的统一战线
宁愿和蒋介石一起
打夯　一起唱
抗战的夯歌
也要打败日本侵略者
这是中华民族最高的利益啊
是亿万人吼出来的心声

智慧再一次对垒
较量又一次聚集
不是句号　是太阳那张
圆圆的笑脸　圆圆的笑脸
望着大地上的红军惊叹：
麻缠一团　一团麻缠
三缠两绕　七绕八缠
竟然从缝隙中缠绕出一幅
多娇的江山　毛泽东诗曰：
引无数英雄竞折腰

他仿佛看到了
日本鬼子那张垂涎的嘴脸

哦哦　掐腰的毛泽东对远方的
蒋中正用心地说：国难当头
国难当头　什么地盘
不地盘　江山不江山
咱们军民团结如一人　哼——
试看天下　谁能敌……

跋诗

哎嗨嗨哟哟　哎嗨嗨哟
哎嗨嗨哟哟　哎嗨嗨哟

哦哦　我乘着一只钢铁
组装的大鸟　从井冈山起飞
降落在首都北京国际机场
那船形的跑道　正是午夜
正是二十一世纪第七个
八一的前夕　我已经很久很久
没有唱夯歌了　夯歌
却依然在我心中回响激荡
激荡回响　大地上的夯歌啊
你为何如此地锥心刺骨
激荡在我周身血脉与骨管的
每一个空间　转瞬

呼啸的大鸟又起飞了　仰头
我看见满天的繁星在我眼窝里颤抖
连月亮　也和它们一起打颤
哦哦　我感受到了
不仅渺小如尘埃的我　被震撼
满天的繁星和那一勾弯月
也被这八十年前的红色夯歌震撼……

呵　还是这支夯歌　大地上的夯歌啊
不仅震撼着世界
还震撼着世界以外的九重云天……

2007 年 5 月 28 日—7 月 6 日

于河北兴隆“中国作家协会雾灵山创作之家”—北京

（原刊于《解放军文艺》2007 年第八期）

艳 戕

——魂系红军西路军八位十三四岁的少女①

我十指摘星
摘下遥远的笔帽
在五十四年的默哀之后
向她们鞠躬

——代序

一

……但是　但是一位来自蓝月的宇航员
对长城内外的犁夫们说　今夜
各个墓地的看守人　认真地报告
没有游魂出没
没有

我　不　相　信

---

① 1936 年 10 月下旬，中国工农红军五军、九军、三十军组成西路军。奉执行"打通国际通路与苏联红军会合"的命令，于甘肃靖远渡过黄河向河西走廊进发，在河西遭到国民党马鸿奎、马步芳匪徒围截，经过四个月激战，惨遭失败，距此诗写作时间已有五十四年。

我的就要飞出去的眼球
在深陷的眼窝轻轻地抚摸

灵魂深处飘弥的梦影　和梦影裹着的
八位　站在一只小小的蒲公英冠上的
少女　她们在红色月光下微微地
摇头晃脑　摇头晃脑

风儿　哪怕是全世界最小的风儿
你也别来　她们还未长到
充盈酸楚的呻吟
你离我而去　你离我而去
你离我而去的
季　节

但是　月光依然哗哗流淌
感觉祁连山　从天而降

二

那夜　月光是红色的
红色的妙曼轻歌　轻轻
降罩在沙漠　降罩在
初潮少女悄隆的前胸
微微萌动　微微萌动
弥漫着芬芳的红色颗粒
在我的思绪里

每一粒　都甜得剜心
红色　红色
是五角刺破青天的颜色

是血的颜色
是三过草地　六翻夹金山的
她们　从任何一位伤员的
任何一个部位
早就熟视的颜色
是一幅作战地图上
标示各部队行进箭头的颜色
她们认识
那是她们踩着昂扬的战歌
舞蹈的颜色　舞打土豪的颜色
舞分田地的颜色　也舞那种
大失败后的冰凉箫韵的　颜色

那种颜色
那种被马蹄踏碎的颜色
掠过高原惨月的水光
和此时此刻
我心里蹦跳的每一个瞬间
漫过了她们的膝盖……

三

仰头　是一闪一闪的弯月①在闪
那弯月疯了　那弯月疯了
那弯月披头散发卷着戈壁上的石子
狂闪如电　在红军哥哥脖颈上闪过
血喷　似火炬
灿烂动人　又像天空的火烧云
在天地间闪耀着血光的辉煌
她们早逝的生命至今也没有忘记
那眼眼射血的洞穴
从脚掌到后脑勺
浑身上下　都是不能闭合双目的肉孔
肉孔　肉孔
翻卷着肉波血浪的　肉孔
像惊雷一样壮观鲜红的太阳
正从那肉孔中　徐徐升起
高悬在穹庐似钟的月夜之上

而遥远的昨天望着　望着
肉孔　肉孔替她们困惑
远去的枪声　替她们在很远
很远的地方　呐喊
为什么　为什么
在很远很远的地方随风雨消失

---

①　匪徒马鸿奎马队使用的马刀。

我在今天纯净的天空中
仍嗅到了浓烈的腥味

我挺拔而又敏锐的鼻子哟

四

火烧云依然在天空燃烧
她们听着燃烧的噼噼啪啪的声音
心惊肉跳　魂飞魄散
她们嗅到了焚尸的焦糊味道

那味道　也是红色的
红色的味道　被她们一吸
一呼地　推进周身的每一粒细胞
每一粒细胞里
都站着成千上万的红军哥哥

哥哥哟　忍不住
被她们从双眼中迸出
落在地上　砸碎了她们的脚
她们瘫了　她们软了
她们失去了知觉
她们被通红的火烧云
描绘成一幅名画
在中国军事博物馆的大厅
高高悬挂

谁躲在廊柱背后睨视着我？谁

五

然后　一只只狼眼里
伸出一只只　活剥羊羔的手
是那样的手　是那种狼齿虎爪的手
在她们赤裸的身上　苦苦地
寻找着　如盲者那样
寻找着　寻找着
满足饥渴的　尚未伸开
玉兰花瓣的　胸蕾

找到了什么　什么能被找到
什么被找到之后　不是又一次丢失

六

开始　她们插在
四十位姐姐中间
插在无声的沉默中
目光　目光
在心里躲着　那长驱直入
而又淫荡的目光　滚荡出来的
腥涩气味

窜来窜去　窜来窜去

那种腥涩的气味　那种怪异难闻的气味
终于　在一位叫莲莲的女孩儿脸上
凝固　像某部色情小说的主人公
奔出心地狂叫　小仙女儿
小仙女儿
几近绝望地叫着
　　　　我
　　　　　的
　　　　　　小
　　　　　　　仙
　　　　　　　　女
　　　　　　　　　儿

七

那已不是轮奸
而是那种　而是那种
而是哪一种呢　上帝
请你告诉我　那是哪一种
我的中国心　我的民族魂
我的　有着五千年文明史的祖国啊

他们狂奔着冲向圣洁的少女
腿脚剪着夕阳　快速闪回
像饥饿的乞丐

嚓　嚓　嚓

撕开未长熟的玉米蕊

嫩嫩的鲜肉哟　颤抖着

全世界的月光

红色的月光　被这些

和我们同一肤色　同一母语的人

一饮而尽

这些豪放派野兽

从五十四年前深深的泥层深处

破土而出　站在我眼里

淫笑　使历史化为

这种笑声　并如绢似纱地

落入我的梦境

在我梦中的江河山岳间　回荡

八

我白日无梦　我深夜难眠

我在白天和夜晚的挤压中变成历史

在首都的华灯下

化作晃动的影子

影子　从东长安街晃到西长安街

它问　历史就是那

荒凉西部的奇特宁静吗？

九

现在　魏公村的月亮没有旋转

在寻找中静坐的我
却已在昨天旋转的月亮中
旋转了起来　我越转越快
并且越来越小　并且最后消失
你不会知道　我钻进了
哪一位少女的身心
在她们的骨髓深处
你不会知道　我忍受了什么
又承受了什么
我看见血红的月光
因失血过多　而渐渐接近黎明地
露出了惨白的脸
那是罗敷　西施
赵飞燕　林妹妹的脸
最终成为齑粉
成为我诗行深处的　精灵

谁肯与我同吟　这如泣的名句

十

当阿彩被一只手　拎出门外
门内屋里　那座土堆的台子上
白色的羊皮　便翻卷起
血海的惊涛骇浪
那是一团一团　不屈的
仍咆哮着的少女的　头发

正一浪　高过一浪地
撞击着坚硬的　墙壁
咚　咚　咚
在五十四年前的深夜　有节奏地
撞着　一次比一次猛烈地
撞着　撞着
咚
咚　咚
鼾声弥漫天空
高举着　咚
咚　的
撞击声　直冲云霄

与脆弱的心为敌　与不能正视
不敢正视的胆怯　以及胆怯中
包含的往事为敌
敌人便逃不出我们的血液
你听　你听
你听啊　咚　咚
咚　这不是
时代的脉搏　又是什么

十一

那不是哭泣的声音　像信仰
穿云破雾　撞响了
西部中国少见的雷电

又像恶魔眨眼　只眨了一下
只眨一下　就照出了
惨丽动人的风景
就使所有的善良
化作了倾盆大雨
大雨　大雨
大雨哗哗啦啦地　倒下来了
倒在我的心上　在我颤抖的
峥嵘岁月里深深扎根
并蘖生盘根错节的　思绪
一如戈壁中顽强生长的红柳
那一条条　泛着彤红的
袅娜柔曼的腰肢
在我眼前晃动　使我
拽不住缰绳　使我无法抑制
迎风　而猎猎喧响的烈鬃
一任想象狂奔
来到没有墓志铭的土地
你听　你听
你听我怦怦蹦跳的心声
你听啊　我泪如泉涌——罗丽塔①
我知道　这是一位美国的
著名作家　用这个名字
替我呼唤　撕心裂肺地呼唤

---

　　①　美国著名作家弗纳博科夫所著长篇小说《罗丽塔》中
十四岁的女主人公叫罗丽塔。

我的生命之光
我的欲望之火　我的罪恶
我的灵魂—罗—丽—塔
舌尖　从腭到齿
分三步蹦出　三个音节
罗　丽　塔
而我听到的是
　　阿……
　　　　彩……

十二

1978 年 12 月 29 日
我踏着军人的步伐　走在
当年囚禁她们八位少女的　武威县城
东北方的土围子①时　我看见了
她们　看见了她们临刑前
栽种的　五百一十二棵
当年像她们一样　亭亭玉立
如今　已粗壮如鼓的
白杨树　她们惊人地
不同凡响　仍弥荡着令人
销魂的力量　还有
神秘的树皮　还有奇异
而又雅致地　呈现在断枝中的

―――――――――

① 土围子，甘肃土话，意为土墙围出的大院子。

红五星①

不可捉摸的　变幻莫测
无法抵御的　历史魅力
像什么　不可能不像精灵
一只小鸟
绝对是一只只　小鸟
在枝桠的梢头啾鸣　那天
那天　我被这清纯的啾鸣
深深打动

十三

打动了
即将在我心中淡忘的历史
和沿着门缝　准备溜走的
焚尸气味　以及
这八位亭亭玉立的少女　哑默的
英魂　打动了
平静了五十四年
今天仍然万分平静的　西部中国

现在　我的想象
将她们平平地摆放在

---

　　① 甘肃武威城东北一个土围子里的白杨树，折断后的断层
里呈现着红五星，据说是当年的西路军战俘所种，故当地人称之
为"红军杨""五星杨"。

大地的桌上　太阳
和月亮　和那些从未看见过
她们的孩子们
向这里眺望了　向这里眺望了
他们望见了什么　什么能被真正望见

十四

太阳　莲莲是这样死的
还有阿彩和凤妞　十六只马匪的手
像伟大的哲学那样
一边八只　揪住她们"丫"字的两肢
默诵着　一二三
然后　一齐猛扯狂撕
猛扯狂撕　将她们
三个
逐个　一分为二

月亮　你记住
一分为二
这个哲学中　最普通最常见的概念
它像烧红的烙铁
在我任何时候的　任何一次
思绪中　留下了通红的烙印
同时　使我在睡梦中
也能够看见　那八匹马匪
接近狗的鼻子

十五

那鼻子　那鼻子

在那一天　嗅觉奇异地

好哟　他们轮流地闻着

被一分为二的少女

肢体　某处

已无法遮掩的部位

弥荡的芬芳　淹没血的味道

他们渴望的　是他们作为匪徒

或野兽　最渴望的某种

可以同欲望　一起呼吸的味道

他们将那味道　看作令人沉醉的老酒

他们豪饮了　他们大醉了

而我的小妹　我心爱的

想象中的小妹啊

被残暴的哲学"解析"了

在圣洁的雪花　漫天的狂舞中

一阵又一阵地蠕动　微微地蠕动

永远地蠕动　那是中国著名的

祁连山系　五十四年之后

我听见了

另一句著名的唱词　和唱腔

是西皮流水

即　那句

　　峡　谷

喔　喔
震　荡

十六

那震荡　那震荡
用鼻孔推出的信仰的气息
那气息　那气息
到处流浪　到处流浪
在我熟睡之后的大脑皮层之中
越来越深刻地告诉我　哲学
是战争的硕果　而艺术
是残酷的孪生兄弟　还有诗
那是杀人的欲望　转化而来的文字组合
我的诗魂　你信不信

下雪了
只下一种洁白
一种洁白　统一了
多彩的江山
一位纯诗的追求者①
仿佛为八位少女　写下了
这样的诗句

──────────

① 指诗人李老乡。

十七

但是他　和满天的繁星
不知道　那位跳舞的小女孩儿
是怎样死在　十三岁生日那天的
那天　那天她呕吐不止
在青海西宁的皮革厂里①

在下工后　停转了的搅拌机旁
瑞金城　光芒万丈
远在两年之后的青海高原
她仍然可以俯瞰那闪光的革命
她看着那一簇一簇的红色往事
想象着死亡对于信仰的意义
这位跳舞的小女孩
这位跳舞的小女孩儿
平静地看着自己的小手指
是小手指
是灵巧的　叠白纸船的小手指
按下了　搅拌机的电钮
她听着　那隆隆的轰鸣
内心　被这金属叶片的搅动声鼓舞
是的　背靠死亡
走向信仰
我看见她粲然丽笑

———————

① 战士们曾被押往此厂做工。

连亲爱的母亲　都未曾一想
我永远　我永远也不会忘记
她那使我揪心的笑容
我不能不　永永远远地
含着那笑容
一次　又一次地想象历史

十八

历史就是她那纵身一跳
她那一跳　缩短了
少年男子的我与少年女子的她
永恒的距离
我们或许会热恋　我们
或许　会有孩子
然而
她　跳进了
搅　拌　机
血和肉
一下子　被搅拌成
泥
……
骨头
和心
和那个
那个未出世的婴儿
就被　轻轻　松松地

搅　碎　了
永　　　　　永
　失　　失
　　我　我
　　　爱
　　　直
　　　指
　　　今
　　　天

十九

在今天上午的亚运工地上
我再次听见了
搅拌机的隆隆轰鸣
仿佛　仿佛那已是遥远
遥远的　事　情　了
而我　一位诗人
却不能不捂严双耳
我知道
我很脆弱
那该死的　搅拌机的　轰鸣

二十

在工地上
在包围着我的

隆隆的　搅拌机声中
像那位尚未出生　就被搅碎的婴儿
我在祖国子宫的穹隆之中　呼唤
祖国啊　我亲爱的祖国
没有信仰的婴儿　和
仅有一种　信仰的少女
你拒绝吗

二十一

还有秋霞　还有玲玲　兰兰
以及四十位　西路军被俘女战士
她们统统被　蹂躏的事情
允许我删掉吧　关于玲玲
我仅记得　她即兴的
舞姿　没有罗纱
也没有彩带　只有
一望无际的　戈壁
和　戈壁上空
盘旋着的　苍鹰

她像天鹅一样
优美地伸开修长的两翼
舒展地伸长脖颈　然后
一跃　那芭蕾的足尖
在半空　三抖
落空　劈叉

腾空　旋转三百六十五度
翻身　动人的腰肢
一闪
如细柳偶遇风拂
腰　微微地
摇了一摇　落地
大跳　狂奔
向着夕阳
向着真实逼现的夕阳
毅然　仰头
那雪白的脖颈
那雪花一样　洁白光滑
而又颀长的　脖颈
在空中
弯成一张
放射永恒之美的金弓
我不知道
这种美射中了谁
我听见那个匪徒　那个匪徒说
她
　　疯
　　　了

然后　我又听见
一声枪响
太阳　跌进了
地　平　线

而天空依然　通红通红
天鹅
倒在了
彩霞的　下面……

二十二

杀！五十四年之后
我的冲动　在我
毕生的岁月里
构成了　我失陷太多的欲望
他们将我挚爱着的
兰兰的歌声　掐断在
她十四岁的路口
在她连半句歌　也唱不出的时候
再次摧残　她余温将尽的尸身
然后　像拔出
屠刀那样
从那里站起　带着
亵渎神灵的　奸笑
嘿嘿嘿嘿地　笑着
残酷
残酷　永远比我们
想象的　更为疯狂
特别是　当我们
是我们中的　一部分
被我们中的　另一部分屠杀

残酷就实现了　真正的升华
尤其是　回忆起
八位少女的生命历程
残酷实现了
对极致的　创造
而兽性　在人身上的展现
便进入了
非人的想象　所能够
想象的　境界
他们在那里胡作非为
而每一个念头的付诸实施
都是一次对人的背叛

我早在遥远的古代
就看穿了　这群背叛人性的嘴脸
我的热血　是不容叛徒的
无论古今　决不容

二十三

作为一位诗人
我做梦　都渴望着
不动声色的感染力
而此时此刻
我的四人同室的学生宿舍
将不得不冲出
把苍天戳个窟窿的　吼声

我

　　要

　　　杀

　　　　人

喔　你？

就是我　你这个

老练的　抒写残暴的　诗人

你

　　要

　　　杀

　　　　谁

是的　在今天

在五十四年之后的　今天

我　要　杀　谁

二十四

追问欲望的眼睛

令人心惊　却又若明若淡

在秋霞　在十三岁零一个月少女

修长的　腿上

晃来晃去　晃来晃去

仿佛　仿佛

那因信仰

而永远　并拢了

激情的长腿
凝聚了匪徒们　最现代的邪念

现在　我的读者
你应该能够听见
那迫不及待的　喘气声了
那声音如此惊心动魄
你应该被那声音碰出想象
你想象吧　你完全可以想象
他们要干什么　而更为细微的声音
则是秋霞　她从地上
捡起多棱的　石头
刺进你完全能够想到的
那个地方的　声音
你听见了吗　你听见了吗
你完全能够　想象到的
血肉模糊的　情景
你听见了吗　你甚至还可以想象
那些匪徒绝望的叫声　你听
你听　秋霞含着巨疼的
狂笑　你听
你听　你听啊
那是贝多芬《英雄》中不朽的旋律
你能够不被感染　能够不想起
大海蓝天　那纯净的
容不得玷污的　壮阔崇高
那伟大瑰丽的理想世界　你能够

你能够不被这少女的狂笑
深深感动

二十五

我不能　而想象的世界
永远像秋霞的容貌那样　弥漫着
空前绝后的魅力　使我走进
不忍目睹的　这段少女
蒙难的经历　使我看着她们
便想起某个吃人血馒头者
呆滞的眼神儿①　想起
获得奥斯卡五项大奖的影片中②
因嫉妒　而将伟大的音乐家
残害的　那个后来
无法平静　而疯掉的
迫害狂　是的
是迫害狂
是囚禁思想的牢笼
是放弃了所有人性的欲望
是一部顺我者昌逆我者亡的历史
是憎恨"自由"这两个字的国民党
是蔑视民主和法律的狗脸
是讨厌真实的眼睛

---

①　指鲁迅先生睥小说《药》。
②　指电影《莫扎特》。

是无视创造的白痴
是你有翻天的本事老子不用你的
法西斯作风　是我们想起这些
便难过得默默流泪的心情

二十六

让我们不仅为历史　或仅仅
为历史　失声痛哭吧
我的泪水呢　我要我的泪水
你逃到了哪里
　　——罗　丽　塔
你告诉我　我的心肝宝贝儿
你在哪里　我的泪水
我的　红月光一样的泪水哟
你让我流出来　你让我流出来
你让我流出来呀　宝贝儿
宝贝儿　你让我
痛痛快快地流出来呀
宝贝儿　我坚信
我劲射的泪水
是鲜红炙烫的　是如火如荼的
亦是真诚的　情歌
在湛蓝的晴空　翻滚我
望不断的才华
和激情　并在无言的灵魂深处
与冤魂屈鬼密谋　关于昭雪

关于绞死　某个野兽的问题

二十七

那一仗　只留下了
一位守墓人
在冥濛之中　我听见
戈壁上
残红的夕阳
对他　那位七十九岁的
守墓老头儿　说
所有的民族内战　都是失去
理智的人要杀绝　追求真理的人

那是大地上肢解的　人①
撑起的一个想象的空间
一张狰狞　恐怖的脸
和一只魔爪　一只兽蹄
和纯洁少女们一样的蓝天
以及供我们繁衍子孙的大地
所有的正义　和所有的邪恶
在这里　在这里
被完全彻底地　象征了
所有真正的马列主义者　面对这幅名作
会油然升起一种博大的情感

----

①　指西班牙著名画家达利的油画名作《内战的预兆》。

一次又一次放弃谬误　更顽固地
追求真理　渴望世界
像五月的鲜花
环球盛开缤纷的色彩

二十八

此刻　我绝不相信
来自月球的宇航员
对长城内外的犁夫们
所说的话　什么
今夜　各个墓地的看守人
都认真地报告
没　有　游　魂　出　没

我　不　相　信

她们　在我洁白的
像她们一样的　稿纸上
复活了　这时
我看了　她们一眼
然后　又看了
她们一眼
又然后　又看了
她们一眼
我知道　我所望见的八位少女
还会飘进我的无论白天

还是深夜的每一个
庞大的瞬间
和每一声缤纷的呓语

是的　我理解她们
伊里奇同志说　忘记过去
就意味着背叛
是的　人类所有的残暴
我们都锥心刺骨

今夜非同一般
我必与游魂相遇长谈

1990 年 3-4 月于北京

（原刊于《诗潮》1992 年第一期）

狂　雪

——为被日寇屠杀的三十多万南京军民招魂①

一

大雾　从松软或坚硬的泥层

慢慢升腾　大雪从无际

也无表情的苍天　缓缓

飘降　那一天和那一天之前

预感　便伴随着恐惧

悄悄　向南京围来

雾一样　湿湿的气息

雪一样　晶莹的冰片

在城墙上

表现着　覆盖的天赋

和渗透的才华　慌乱的眼神

在小商贩　瓦盆丁当的撞击中

发出美妙　动人的清唱

我听见　颤抖的鸟

一群一群

---

① 1937 年 12 月 13 日南京陷落，日本侵略军在南京开始了长达六个星期的大屠杀，残害中国军民三十万以上。

在晴空盘旋　我听见
半个世纪后的今天上午
大雪　自我的笔尖默默飘来

二

有一片六只脚的雪花
伸着三双洁白的脚丫
踩着逃得无影无踪的云的
位置的天空　静静地
向城下飘来　飘来
纷纷扬扬　城门
四个方向的城门　像一对夫妻
互相对望着　没有主张那样
四只眼睛　洞开
你看看　你看看
顺着那眼睛　或顺着那城门
你们　你们军人　都看看
都看看　他们
中国的老百姓
那一张　又一张
菜色的　没有生气的脸
看看吧　我求你了
我的　所谓的
拥有几百万精锐之师的中华民国啊

三

国民党　多好的一个称谓的党
国民　国民的党啊
你们就那样抡起中国式的大刀
一刀砍下去
就砍掉了国民　然后
只夹着个党字
逆流而上　经过风光旖旎的
长江三峡　来到山城
品味起著名的重庆火锅
口说　辣哟
娘稀屁

四

这时候　鬼子进城了
铅弹　像大雨一样
从天而降　大开杀的城门
杀得痛快得　像抒情一般
那种感觉
那种感觉　国人无人知晓
是那样的　像砍甘蔗一样
一梭子射出去
就有一排倒下　噗嗤
噗嗤　那种噗噗嗤嗤的声音
在鬼子的心里

被撞击得狂野无羁
趴在机关枪上
与强奸犯的贪婪毫无异样

五

街衢四通八达
刺刀　实现了真正的自由
比如　看见一位老人
刺刀并不说话
只是毫不犹豫地往他胸窝一捅
然后拔出来　根本
用不着看一看刺刀
就又往另外一位
有七个月身孕的
少妇的肚子上　一捅
血　刺向一步之遥的脸
根本不抹　就又向
一位　十四岁少女的阴部捅去
捅进之后　挑开
伴着少女惨惊怪异的尖叫
又用刺刀　往更深处捅
然后　又搅一搅
直到少女咽气无声
这才将刺刀抽出
露出东方人的　那种与中国人
并无多大差异的　狞笑

六

那天　他们揪住

我爷爷的弟弟的耳朵

并将战刀放在他的脖子上

进行拍照　我爷爷的弟弟

抖得厉害　抖着软了的身子

他无法不抖　无法不对刚刚

砍了一百二十个中国人的鬼子

产生恐惧　尽管

耳朵差点儿被揪下来

裂口　像剪刀那样

剪着　撕裂的心

但是他无法不抖　无法面对

用尸体　垒起的路障

而挺起人的脊梁

无法不抖　无法不抖

七

那夜　全是幼女

全是素净得像月光一样的幼女

那疼痛的惨叫

一声　又一声

敲击着古城的墙壁

又被城墙厚厚的汉砖

轻轻　弹了回来

在大街上　　回荡

你听　你听

不仅听惨叫　你听

你听　那皮带上的钢环的

撞击声　是那样的平静

而又轻松　解开皮带

又扎紧皮带的声音　你必须

屏息静气地听　必须

剔开幼女的惨叫

才能听到

皮带上的钢环的碰撞声

你听　你听啊

那清脆窸窣的声音

像不像一块红布

一块无涯无际的　红布

正在少女的惨叫声中抖开

越来越红　越来越红

红　红啊

不理解斯特拉文斯基

《春之祭》旋律的朋友们

你想象一下　这种独特的红色吧

那不是《国歌》最初的　音符吗

那不是《国歌》最后的　绝响吗

你听　你们听呀

八

这不是西瓜
是桃状的人心
是中国南京人的　人心
是山田和龟田的下酒菜
我当然无法知道
这道佳肴的味道
我只好进行虚幻而又惊心的猜想
那位中国通的　日本军官
也许　是从难民营里
一千个男人中　挑出的
五个　健壮的男人
他　拍拍他们的肩
亲切微笑着说　咪西咪西
便决定了开膛破肚的问题
他的士兵很笨
他下手了　大洋刀
从前胸捅人从后背穿出
露出雪亮的　弯弯月牙
在没有月光的阳光下
那健壮的男人
一个　两个
三个　四个　五个
五颗健壮的中国人的　人心
拼成一道　下酒菜
他们像行家一样　仔细品味

哟西哟西地　让嘴唇
做出非常满意的曲线
我无法知道
这道佳肴的味道
但我肯定知道
一个人　比如我
我的心
是无法被人吃掉的　除非
我遇到了野兽

九

野兽　四处冲锋八面横扫
像雾一样　到处弥漫
如果你害怕
就闭上眼睛
如果你恐惧
就捂严双耳
你只要嗅觉正常
闻　就够了
那血腥的味道
就是此刻
半个世纪之后的今天晚上
我都能真切地闻到
那硝烟　起先
是呛得人不住地咳嗽　而后
是温热的　黏稠的液体

向你喷来　开始没有味道
过一刻　便有苍蝇嗡嗡
伴着嗡嗡　那股腥腥的味道
便将你拽入血海　你游吧
我游到今天仍未游出
那入骨的铭心的往事

十

他们　那些鬼子
有着全世界最独特的欣赏习惯
鬼子
鬼子对传统观念的反叛
可以达到儿子奸淫母亲
父亲奸淫女儿的地步
只是这种追求　他们
强迫中国人　进行
中国人
中　国　人　啊
这种经历　这种经历
像长城一样巍峨
一块一块条形的厚重的青砖
像兄弟一样　手挽着手
肩并着肩　组成了
我们的历史　瓷实
浑厚　使得我们无法佯装潇洒
一位诗人

就是我　我说
只要邪恶和贪婪存在一天
我就决不放弃对责任的追求

十一

我扎入这片血海
瞪圆双目却看不见星光
使出浑身力量却游不出海面
我在这血海中
抚摸着三十万南京军民的亡魂
发现他们的心上
盛开着愿望的鲜花
一朵　又一朵
硕大而又鲜艳
并且奔放着奇异的芳香
像真正的思想
大雾式涌来
使我的每一次呼吸
都像一次升华
在今天
在今天南京市的大街上
呈现着表情宁静的老人的神情
又被少女身上喷发的香粒
一次　又一次击中
我怎么了

十二

空白　空白终于过去
思绪　像惨叫一样
刺入我被时间淡化的肉体
作为军旅诗人
我无法不痛恨我可怜的感情
无法不对这撕心裂肺的疼痛
进行深呼吸式的思索
我用尽全身的力量
深深地吸
吸到即将窒息的时候
眼睛盯着镜中的眼睛
然后　一丝一丝地推出
那种永远也推不干净的　痛苦
它们呈雾状围绕着我
在我和镜子的距离中
闪现　被腰斩的肢体
涌沸血泉的　尸身
被钉在木板上的手心
以及被浇上汽油
烧得只剩下　半个耳轮的
耳朵　和吊在歪脖子树上的
那颗仍圆睁怒目的　头颅
等等　等等　我无法无视
无法面对这惊心动魄的情景
说那句时髦的　无所谓

十三

我　　和我的民族
面壁而坐
我们坐得忘记了时间
在历史中
在历史中的 1937 年 12 月 13 日里
以及自此以后的六个星期中
我们体验了惨绝人寰的大屠杀
体验了被杀的　种种疼痛
那种疼痛
在我的周身流淌
大水　　大水
大水横着竖着
横横竖竖地呈圆周形爆炸
采蘑菇的小姑娘
你捡到了吗　那块最小的弹片
捡到了吗　　捡到了吗
那最小的一块弹片

十四

她捡到的
不是我父亲肩胛骨中
一到梅雨季节
便隐隐作疼的　那块弹片
那块弹片

那块弹片　伴随着
父亲离休后的日子
在我和弟弟
还有姐姐妹妹
还有爱着我的父亲的母亲心上
疼痛　并化作一块心病
使我们无时无刻不惦念着父亲
不惦念着父亲的疼痛
战争结束了吗
我该问谁

十五

希特勒死了
墨索里尼和东条英机也早被绞死
但是　那种耻辱
却像雨后的春笋
在我的心中疯狂地生长
几乎要抚摸月亮了
几乎要轻摇星光了
那种耻辱
那种奇耻大辱
在我辽阔的大地一样的心灵中
如狂雪缤纷
袒露着　我无尽的思绪

十六

我没有经历过战争
我的父亲打过鬼子
也差点被鬼子打死
虽然　我不会去复仇
对那些狗日的　日本鬼子
沾满中国人鲜血的日本鬼子　但我
不能不想起硝烟和血光交织的岁月
以及这岁月之上飘扬的不屈的旗帜

十七

我们不是要建立美丽的家园吗
我们不是思念着深夜中的狗的吠叫声吗
我们不是想起那叫声便禁不住要唱歌吗
不是唱歌的时候便有一种深情迸发出来吗
不是迸发出来之后便觉得无比充实吗
我们在我们的祖宗洒过汗水的泥土中
一年又一年地播种收获
又在播种收获的过程中娶亲生育
一代又一代　代代相传着
关于和平或者关于太平盛世的心愿吗

十八

作为军旅诗人

我一入伍
便加入了中国炮兵的行列
那么　就让我把我们民族的心愿
填进大口径的弹膛
炮手们哟　炮手们哟
让我们以军人的方式
炮手们哟
让我们将我们民族的心愿
射向全世界　炮手们哟
这是我们中国军人的抒情方式
整个人类的兄弟姐妹
让我们坐下来
坐下来
静静地坐下来
欣赏欣赏今夜的星空
那宁静的又各自存在的
放射着不同强弱的星光和月辉的夜空啊

十九

你说
万恶的战争　我们在棋盘上
体味着你馈赠给我们的智慧
使我们对聂卫平和日本　以及
东南亚的高手充满敬仰
但你为什么　冲出棋盘
在一些角落里狂轰滥炸

并使我们一次又一次地
想起昨天
昨天狂雪扑面
寒流锥心刺骨

二十

在北京
在人民英雄纪念碑前
我把我的双手
放在冰凉的汉白玉上
仿佛剥开了一层层黝黑的泥土
再看看那些卷刃的大刀
尖锐的长矛　　菜团子
和黄澄澄的小米
手榴弹和歪把子机枪
那本毛边纸翻印的《论持久战》
以及杨靖宇将军的胃
赵一曼砍不断的精神　　等等
在泥土深处　　像激情一样
悄悄涌入我的心头
我于是　　便知道了
什么是和平

二十一

是的　我曾发狂地

热爱我自己健美的四肢
以及双层眼皮下闪着黑波的眸子
像我的恋人
一次又一次地狂吻着我的思想
和我挺拔的鼻子　一样的个性
是的　我爱我自己
爱我自己生命中的分分秒秒
在每一分钟
我都有可能写好
一首关于生命体验的诗篇
在每一瞬间
我都有可能永远地
爱上一对漂亮的眼睛
但我深深　深深地知道
这绝不是生命的全部内容
关于哲学
我还不同意萨特的某些见解
关于地质
大陆镶嵌构造理论似乎更有道理
关于诗歌
就不用说了
创造着
我感到幸福人间
弥漫着无穷的　智慧和情感

二十二

是的　历史自有历史自己的道路
我们的愿望
如果没有撞破头的精神
青铜的黄钟　便永远哑默不语
虽然　一位军旅诗人
三年前就说过
中国将不再给任何国度的军人
提供创造荣誉建立功勋的机会
但是历史
但是历史自有历史自己的道路
我们走在　大路上
意气风发斗志昂扬

二十三

今天　谁还记得
这首五十年代
回荡在祖国天空的歌声
谁　谁还记得
是我　我还记得阮文追
记得白描画的连环画上
他将美军录音机里的磁带　揪出
撕烂　从八层楼高的窗户跳下去
瘸着腿　一歪一斜地
走向刑场的画面

那是不屈的英雄

是一个弱小民族锋利的牙齿

不仅咬碎了死的恐惧

也咬出了一个国家

独立自由的　　心声

我永远记得

那张雪一样苍白的脸

那是电影

《海岸风雷》的片头

那个老水手的一句台词

我永远记得

和我们走在大路上

意气风发斗志昂扬

一起　　这些关于战争

与死亡的各种零件

他们和 1937 年 12 月 13 日

之后的长达六个星期的屠杀的史实

都在我想象的组合中

组装起一部　　有关战争的电影

在我的脑屏幕上

起先　　是大雾一样的恐惧弥漫

而后　　是狂雪一样的厄运

从天而降　　在南京

在 1937 年 12 月 13 日之后的南京

在 1990 年 3 月 24 日至 25 日凌晨

3 点 45 分的　　诗人王久辛的眼前

一遍　　又一遍地放映

这部名叫《狂雪》的影片
我愣愣地　连续看了两天两夜
没说半句话
关于战争
关于军人
关于和平
蓦然　我如大梦初醒
灵魂飞出一道彩虹
而后　写出这首诗歌

1990 年 3 月北京

（原刊于《人民文学》1990 年第七期、第八期合刊）

肉搏的大雨

——谨以此诗为彭德怀元帅指挥的"百团大战"铸碑①

三个半月的百团大战
差不多每次战斗
都有大雨……

——一位参战八路的回忆

一

深夜　我的回忆破窗而出
冲入九泉之下彭大将军②
仍跳动在人心的泥层深处
一层一层厚重的泥土
像一节一节的历史
历史怦怦跳动
我的心亦怦怦跳动
怦怦跳动的心
在昨天的青纱帐里
与前天的大雨　拥抱了

---

　　①　百团大战：是 1940 年秋天，彭德怀将军策动指挥的一次抗日战斗，历时三个半月，纵横五千余里。共进行大小战斗 1824 次，致使日军伤亡 3 万人，我八路军及抗日健儿，也有 1.7 万伤亡。此战震惊中外。
　　②　彭大将军：即指彭德怀。

二

它们高举着彭大将军粗壮的身躯
和刚毅的目光　走进了我的想象
我的想象　在青纱帐里
在狂骤的大雨之中
苦苦地寻找着　寻找着
那场肉搏的大雨中
望远镜深处的你
彭大将军——你的嘴唇
那厚厚的嘴唇　动了一动
微风吹打着摇曳的青纱帐
我被淹没了
连同我的回忆和想象
统统被淹没了　无边无际

三

无边无际的青纱帐　立起来了
飘起来了　像一块飞起来的壁毯
在大地之上　在大雨之下
在一块一块碧绿的青纱帐里
转起来了　大雨
大雨泼湿了我的想象
青纱帐也拽住了我的激情
我丢失了我自己
在那块碧绿碧绿的青纱帐

四

雨太大了　大得无边无际
无边无际的　大雨
被时间锁住　大雨
在半空之中停留　停留
留出了一截白色的空间
像多将军①内心的空虚与孤独
无边无际　无际无涯

五

他找不到对手　大雨
而雨帘如柱的秋季
又像一只囚笼
使他的冲动在笼中
撞来撞去　撞来撞去
最后　撞进了死胡同般的
缨子②的体内
榻榻米　旋转的榻榻米③
弦晕的榻榻米
榻榻米　抱着缨子甜蜜的尖叫
痛快而幸福的尖叫

_____

①　多将军：指日军华北总指挥官多田骏。
②　缨子：日军随军妓女。
③　榻榻米：日本国的床。

在大雨的淅沥声中回荡
我的男人　我的男人
我的好男人呵

六

她的好男人在她的尖叫声中
轻而易举地　　进入了中国的东三省
挺进了卢沟桥　在首都南京
杀戮了三十万中国军民之后
现在　　又伴着大雨和她的呻吟
来到了彭大将军性不容恶的心头
来到了华北数万万庄稼汉
暴跳的青筋之上　　不是不报
不是不报　　在找不到对手的心灵深处
多将军　像大雨那样发泄着
对支那人的蔑视　　仿佛
仿佛他的意志和狂想
贪婪和野心　　对于这片深厚的土地
就是他体下的缨子
他　随时可以进入
并且　　不会遇到血性的拼搏
与决死的大刀　　他把这片圣土
想象成他淫乐的妓女了
而且　　这还不仅仅是他一个人的想象

七

欲望　无边无际的欲望
被野心想象　被七彩的阳光照耀
虚幻出美丽动人的朝霞
以及令人爱怜的夕霞与落日

诗人啊
你为什么不发怒

难道你容忍了这一切
刺刀就不会捅进你父辈的心窝
欲望的款幅　就会因你的怀柔之心
收束起它无边无际的铺排与漫卷吗

八

数百万嗥叫的鬼子兵
山洪一般地漫过来了
漫过来了　在东北
在遭到八十三岁老太太的拒绝之后①
小鬼子的嗥叫
又变成了雪亮雪亮的
刺刀　那老太太的鲜血

―――――――――

　　① 有资料记载：日军在我国奸淫的暴行达到了空前的惨无
人道，奸淫了上至八十三岁的老人、下至六岁的幼女。

像大雨落地　哗啦一声
扑进我的心头　扑进彭大将军
干旱已久的心头　无声的吞咽
咽下了东北　咽下了华北

九

在华北　有多少位反抗的少女
被刺刀奸淫　被嗥叫
奸淫　被一杆又一杆
太阳旗的旗杆　奸淫啊
甚至没有放过
六岁幼女的哭求
我在遥远的今天
看到了彭大将军　因痛苦
而　低
　　下
　　　的
　　　　头

十

他落泪了吗
我不知道　我看见了
他低下的头和他头脑之中
翻卷着的钢铁与钢铁撞击的
声音　那是忍无可忍的声音

那是火焰冲天的声音
那是大铡刀抡起来飞舞的声音啊
在彭大将军的脑海之中闪耀
在彭大将军抿紧的厚嘴唇上　　凝固

十一

大雨　在纵横五千余里的天空
和大地倾注　一柱一柱
都是直落　每一柱落地的叩击
都是一句发问

仿佛灾难的降临
并没有使中国男人的身后
站着屈辱的姐妹
或者母亲　仿佛铁蹄的践踏
并没有　使一张又一张
被强奸后　剥下的少女的皮①
成为怒吼的　旗帜

大雨　大雨
无边无际的大雨
变成了谁的嘴角上
挂着的巨大的嘲讽　和蔑视

---

　　①　诗人艾青有《人皮》一诗，记录了日军强奸我少女之后，
又剥下了少女皮的史实。

并用疯狂的掠夺　和杀戮
丈量着一个文明古国的忍耐力
和这个民族隐忍的传统
塑造的　一片片沉默的个性

十二

大雨　无边无际的大雨之中
榻榻米　多将军的榻榻米
被大雨摇来摇去　摇来摇去
摇出多将军的鼾声
如闷雷炸响的鼾声
一声接一声　一起又一伏
一起一伏的雷鸣
连着雷鸣般的鼾声
翻滚在九州大地的　每一寸土地
仿佛是一个巨大的惊叹号
或者　就是一只耀武扬威的拳头
横躺竖立在华夏的苍穹
挥舞着一句提问
谁敢
　　动
　　一
　　动

十三

巨大的耻辱

在彭大将军的五脏六肺中滚动
滚动　在他紧系四万万同胞的
火热情肠中　窜来窜去
窜来窜去　他忆起了李鸿章
忆起了李中堂签完《马关条约》之后
落进他——彭德怀心中的苦泪
苦哇　苦哇
捧着这长流至今的苦水
像捧着一朵巨大的黄莲
黄莲　黄莲
你为什么
为什么在此时此刻
盛开在彭大将军的心头
而且盛开得这么硕大与奔放

十四

要涨破了
不仅仅是彭大将军的所有血脉
也是那漫山遍野的青纱帐中
每一棵玉米　高粱
心中的冲动　仿佛
那玉米叶子　就是那舞动的大刀
那高粱杆子　就是那冲刺的长矛
进出来了　进出来了
巨大的耻辱
像精神的红太阳

砸在入侵者的脑壳
溅出了好一幅壮丽的史诗画卷

十五

仍然是大雨
是倒下来的瀑布般的大雨
在彭大将军伸出的　巨大的手掌上
似棉绸一样柔软　彭大将军
用劲儿一拉　大雨
大雨被拽出三千丈
朝天空一甩
那个巨大的惊叹号
那支耀武扬威的拳头
那个横躺竖立在华夏苍穹的家伙
便被缠了个结结实实
尔后　是彭大将军的一挥手
天空　便炸响了十万道闪电
大地　也滚过了百万个雷霆
一百零五个团
一百零五团愤怒仇恨的火焰
从晋西山岭　滚过东海海岸
从黄河之滨　卷过古老长城
一团一团的火焰
在大雨的欢唱中
像一位大英雄的性格
左缠右绕

七拐八拐

天上地下

蛇扭龙舞

爆怒的烈火直冲云霄

又直捣大地

天雷　轰隆炸响

有一万个荆轲　拔剑而出

有百万道长城　昂起头颅

每一分钟

每一秒钟

都是爆怒的中国血性

横削竖砍鬼子兵的

痛快淋漓　痛快淋漓

十六

大性格　勾绘出大英雄

大英雄　迸发出大智慧

大智慧　扭动出的

是钢铁的拐弯　信念的奔跃

决死的光芒　和肉搏的血喷

十七

神圣和庄严　如果

没有这血喷的历史作奠基

德沃夏克①的旋律
就不会有上升　上升
再上升的豪迈和骄傲
一个民族的心头
就不可能激荡起
对每一位大英雄的崇拜
和无限的敬仰

十八

爱他吧　爱他
像爱自己的情人那样
爱他　如果我是少女
我将　会用一生的守身如玉
永远爱他　直到爱得
贝齿脱落　满头银发
也仍然在心头
珍藏着他意志般的眼神儿
并在谢世的最后的一个梦中
呼唤他的名字　爱人　爱人
我的至死相爱的爱人哟

十九

他眼冒金星　金星飞舞

―――――――

　　①　德沃夏克：世界著名作曲家，作品《新世纪》充满神圣
庄严的旋律。

在嗞嗞冒烟的心灵深处

有一万支游动的火龙

在一块又一块碧绿的青纱帐里

窜动　一块块青纱帐

似一块块碧绿的 TNT

TNT 满天飞舞　并在飞舞中

爆炸　似天女散花

小鬼子　小鬼子

你往哪里躲藏

你往哪里躲藏

满天炸响的 TNT

浩荡如万里东风

席卷如群龙争艳

淹没所有贪婪

吞没所有邪恶

那是瞬间的吞没

是刹那的覆盖　天上人间

一万条巨龙腾空而起

把长夜的天幕

舞动成红火天烧的战争奇观

又把地下　地层深处

舞动成一片片血注的地下长城

二十

尔后　又舞动成自由欢畅的舞蹈

那是妖美如水的舞蹈

是昨天的英雄　　编织出的
和平的舞蹈　又在今晚的
舞会上　舞出的甜蜜爱情的舞蹈啊

二十一

上升　　上升
直至上升到玩味欣赏
战争境界的时候　我们
我们才体会出大英雄的分量
才真正认识到　大性格的审美意义
那是比之一切权谋韬略
更为永恒的光芒啊

二十二

那光芒先是照射在
一群群鬼子的炮楼上
尔后　是将炮楼掀到天边
然后　又将它捏在手里
停顿一下　猛劲地砸在雕岩
不需要　他们回忆起
被消灭的颜色　不需要
我在今天　都欣赏到了
那菊花伸瓣儿般的落花流水
落花流水　那是立即进溅出来的
落花流水　是我们在梦中

无数次渴望过的　落花流水
甚至　是我们骨头缝儿里
热望着的　落花流水啊
我的祖国　我们还需要等待吗
我们还需要等着小鬼子
指着我们的鼻子说
看　这就是奴隶吗①

二十三

不需要　包括所有铁道线上的
钢轨　也都被燃烧的火焰
拎了起来　像缠麻花
缠了个里里外外
彻彻底底　拎在半空
被怒火点燃
钢蓝钢蓝的火焰
在大雨之中燃烧
并且越烧越旺
越烧越旺
钢蓝蓝的火焰哟
闪耀着无比动人的腰肢
扭来扭去　扭来扭去
扭秧歌儿的钢轨哟
在夜幕深处娇媚无比

---

①　此句为著名抗战诗人田间名句。

娇媚无比　　又在大雨的瓢泼之中
发出了啪啪叭叭的声音
那声音　那声音被憋闷了
很久　很久的庄稼汉们
吼了出来　狮子头
红红的狮子头
一拱一拱的狮子头
在云海绿浪间舞来舞去
舞来舞去　让恐惧了
很久　很久的少女们
第一次露出了　欢欣的笑脸

二十四

就是为了这动人的笑脸
彭大将军咬碎了满口的贝齿
咬破了坚硬的牙床
满口的鲜血
堵住了他的怒吼
他没有吱声
他把碎牙和鲜血吞进了肚里
站在山下
像站在山上那样
俯视着纵横万里的战场
俯视着多将军抽出的战刀
他只哼了一声　那战刀便被击落
便在忽扁忽圆忽长忽宽的大刀下

颤抖了起来　　颤抖了起来

二十五

我猜想　那每一粒碎牙
都是一粒仇恨的种子
彭大将军那满腹的仇恨
化作了他周身的每一条血脉中
会射击的枪口
会砍杀的大刀
会爆炸的手榴弹
在纵横千万里的大战场上
与小鬼子展开肉搏的大雨
大雨　大雨
大雨将小鬼子伸到他脚边的公路
碎尸万段　将小鬼子
为掠夺而修建的桥梁和隧道
踹了个稀里哗啦
哪里有鬼子据点
哪里就有削铁如泥的大刀
大雨　大雨像锋利的大刀
大刀　手起刀落
那个痛快的腰斩啊
令憋闷了很久很久的赞叹
冲破了华夏五千年忠君的厚土
从彭大将军的敌人——

卫立煌将军①的口中
脱口而出　他说的是
英
雄
啊
到底是一条血性的汉子

二十六

有无数血性的汉子
在正太路的破袭战中
在狮垴山的阻击战中
在津蒲路　平汉路　德石
北宁　白晋　南北同蒲的战斗中
冲了出来　他们把心当作地雷
当作大刀和长矛
当作子弹和炸药
他们命令自己爆炸
命令自己成为弹片
横横竖竖地飞
在敌人的心脏里飞
他们说　我的热爱家园的心啊
你们飞吧　飞到你们
誓死捍卫家园的地方吧

---

　　①　卫立煌：国民党驻洛阳将军，百团大战后，曾给彭德怀
及八路军总部致电赞扬。

让你们的迅猛和凌厉

锋利和有力

削掉所有法西斯的脑袋吧

他们把这一切

当作忠贞男儿的爱情

当作渴望和平的行动

他们随大雨去了

在青纱帐里

化作了一万个荆轲

百万道长城

在我们后人的心上

耸立成　不断上升的无名英雄

纪念碑　永垂不朽

永垂不朽

永

垂

不

朽

二十七

永垂不朽的刺刀

在小鬼子疯狂的报复中

拼磨得更加锋利了

彭大将军与多将军的拼杀

臂关节嘎吱作响

肘关节也嘎吱作响

那是力的声音
是力与力交错碰撞
搬过来又压过去的声音
是意志与意志交锋
是巨鼎与巨鼎撞击
嘎嘎吱吱　　嘎嘎吱吱
吱吱嘎嘎　吱吱嘎嘎
漫山遍野的吱吱嘎嘎
嘎嘎吱吱　　在拼搏的大闪动中
你来我往　嘎吱
白刀冲进　嘎吱
红刺拔出　嘎吱
再次冲刺　嘎吱
又是红刺拔出　　嘎吱
他俩嘎吱着咬紧了牙关
嘎吱着握紧了枪刺
左挡右突　嘎吱
右挡左突　嘎吱
嘎吱着野牦牛的犟筋儿
嘎吱着土山炮的狂吼
嘎吱着山下山上
嘎吱着山上山下
完全是喷血的肉搏
完全是雄狮的厮杀
搬过来了
是一座富士山的沉重
压过去了

是一座泰山的巍峨
天空飘游着嘎嘎吱吱
嘎嘎吱吱在天空的飘游中
被朝霞染红被夕阳镀金
关山被月光照得凄清如水
如水的嘎嘎吱吱在微风的吹拂下
摇着漫山遍野的青纱帐　青纱帐
青纱帐啊　在嘎吱嘎吱的拼搏中
回荡着武士道的地动山摇
回荡着中华英儿的蹈海翻江
狂飙　狂飙
狂飙为谁从天而降
历史的角逐
为谁闪烁出庄严和神圣

二十八

是圣战　是一个文明的民族
对野蛮的霸道　展开的肉搏
是五千年的神圣遇到践踏的
怒不可遏　是尊严
是贫困但不缺少气节的血性
和决死的热血　狂飙
狂飙与狂飙的对撞　像雷鸣
与雷鸣的撞击　从山岭到大平原
从大平原到大海边　嘎嘎吱吱
吱吱嘎嘎　嘎吱入骨

入骨的激荡在激荡的入骨中
激荡成一片神圣的光芒
光芒四射　嘎吱血红无边
无边无际的血红
流注大地　回旋至今
使我们一想起那场恶战
便热血澎湃　便壮志凌云
便有热血呼呼呼地向外喷涌
你听嘎嘎吱吱嘎嘎吱吱
大地和苍天一片嘎吱
一片嘎吱在历史的深处回旋
在彭大将军"鼓与呼"的血脉深处①
回旋　那是嘎吱的热血
喷出来的声音啊　你听
你听　嘎吱没有消失
彭大将军没有远去　并且
在现实的今天
仍然是一身戎装
仍然是横刀立马

谁在今天
更像这位英雄

———————

　　① 鼓与呼：即彭德怀将军诗句"我为人民鼓与呼"之句的
缩写。

二十九

有无数根坚硬的骨头

在历史　在百团大战的

关家垴攻击战中　像野马

那样狂奔着　是拦不住的骨头

是拽不住的骨头　骨头

铁榔头一样的骨头

砸　猛猛地砸

狠狠地砸　砸得小鬼子

真正认识了中国人的骨头

那个硬啊　那个坚硬

使人想起了五千年的烈火锻造

想起了岳飞　文天祥的热血熔铸

想起了一次又一次大屠杀

那杀不绝的理想　理想

终于抽象成形象的骨头

骨头　骨头　骨头

骨头连着骨头

骨头架着骨头

就这样一块一块垒铸起了

人的脊梁　在关家垴

在漫天大雨的青纱帐

脊梁　脊梁

漫山遍野的脊梁

翻卷着脊梁的油光锃亮

谁在今天
更像这些无名氏的脊梁

三十

大雨　大雨还在狂风呼号之中
浓墨重彩般地挥洒着　大雨
没有停歇　历史
没有中断　它在浇灌出
英雄花朵的同时
也养育了汪精卫式的期待①
大雨　大雨
这是大雨的无限悲哀吗
这是大雨的辉煌成就吗

三十一

我不知道　我在《国际歌》的旋律中
幸福而又充实地生活　在
《中华人民共和国国歌》的音符中
敬业　拼搏
忠于人民
热爱毕加索的线
酷爱梵高的色彩

---

　　① 汪精卫：投靠日本的卖国汉奸。有资料记载，中国伪军
的总人数是一百万，相当于二战整个欧洲战场叛徒的总数。

对德沃夏克神圣的音符
有着贫困国家公民天生的向往
追求崇高　憎恨变节和强权
痛恨法西斯　厌恶战争
喜欢少女和儿童
对科学有着与生俱来的渴望
除此以外
我还需要知道什么呢

三十二

需要知道那场大雨
需要知道那场大雨中的青纱帐
它们并没有离开我们的回忆
甚至没有离开我们的今天
它们在我们的今天湿漉漉地站着
像风雨兼程赶回家来的父亲
父亲　站在新世纪的门口
痴痴地望着我们　看着我们
我知道我不会忘记
永远不会忘记
彭大将军1940年秋天的暴跳如雷
是替一个民族的暴跳如雷
为此　我难道不该为这位伟大的血性
谱写一部交响乐吗　不该为热血的喷泉
作一幅永恒的画卷吗　彭大将军
彭大将军会露出笑容吗　我不知道

他那贫苦老农的憨笑
多像我至今不忘那场战斗的父亲啊

他让我难过
也令我难忘

1995 年 5 月 31 日于兰州

1998 年 4 月 20 日修订

（原刊于《解放军文艺》《诗潮》1995 年第八期；后又在《橄榄绿》1998 年第一期刊发）

翻身道情

一

七只小麻雀躲在新绿的枣树枝上，吱喳喳地叫哩，
六串红辣子吊在窑崖沿沿儿上，噼噼叭叭地烧哩。
四贵娘就着五月的霞光，摇着纺车吱扭扭地转哩，
转着的纺车转进信天游，转出支怀春的酸曲曲哩。

四贵爹走西口丢下个四贵儿，满园子疯傻傻地跑哩，
红军早回来了，他爹咋还在外边浪着浪着不回转哩。
想着念着泪蛋蛋掉在了黄土地上，洇出个一朵花哩，
瞅着就像那崖畔上的山丹丹，楞是开遍了山崖崖哩。

"娘！娘！毛主席在枣园里说话哩，娘！娘！"
娘抬抬头，头上沾了棉花，白生生地好看哩。
四贵搂着娘嚷嚷："娘！娘！毛主席掐着个腰眼子，
对那些个戴玻璃镜的婆姨和一群八路说话哩……"

"说话就说话呗，谁还不说话？你嚷嚷个啥哩？"
"娘！娘！毛主席说文艺文艺的儿不知道啥叫个文艺哩，
你给儿说说啥叫个文艺，文艺叫个啥？"四贵娘停下

手中的纺车，用手捋一把流海儿，叨念着那个文艺哩。

文艺是个啥，啥叫个文艺？四贵娘说不出个道道哩，
虽然这道道那道道，四贵娘知道不少的道道哩。
也有不少这道道那道道她不知道，但毛主席说的
这个文艺道道究竟是个啥道道，她要整个清清白白哩。

二

拽着四贵儿拐进枣林惊飞了叫嚷嚷的麻雀雀哩，
麻雀雀飞走了四贵娘拽着四贵儿拐进枣园子哩。
还有几折羊肠道子七拐八弯绕过去，就进了院围子哩，
院围子里坐满了人，毛主席还在那儿咽着唾沫渣子哩。

毛主席说"我的话就当作引子，大家下去讨论罢"，
接着散了会，四贵娘拽着四贵痴愣愣地傻站着哩。
那样子挺好笑，惹得叔叔阿姨问她俩有啥事儿哩，
四贵抢着说：俺娘领俺来问问毛主席啥叫个文艺哩。

啥叫个文艺？一群人吃了惊张口结舌不知从何说起哩，
毛主席听见了，走过来对他俩说："文艺嘛，就是唱歌、
扭秧歌、画小人儿、看那个皮影戏。"说完，毛主席
又问：明白了吗？四贵娘点点头，四贵儿扑闪着那个眼。[1]

---

① 毛泽东主席《在延安文艺座谈会上的讲话》中说：小资
产阶级知识分子"不爱他们（劳动人民）的萌芽状态的文艺（墙
报、壁画、民歌、民间故事等）"。

头对头，眼对眼，满坡的窑洞对着红日头哩，
日头升，日头降，受苦人的日子就有盼头哩。
窑前的伙伴叽喳喳，窑后的烟筒冒炊烟儿，
锅里不能没有油花花，过日子不能少了盐。

回到窑前四贵儿对小伙伴们把道理讲哩，
他掐着个腰眼子生生就像个小毛主席哩。
小毛主席说话不腰痛，小毛主席说话还挺神气哩：
"猜猜看，啥叫文艺，毛主席为啥要给咱讲文艺哩？"

二狗子眨着小眼睛，小英子拈着小辫子，
小兰子抠着手指头，小黑子摸着鞋帮子。
四贵说："猜不着了吧？告诉你们，文艺嘛，
就是唱歌、扭秧歌、画小人儿、看皮影戏！"

说得大家都拍手："我们会唱歌，我们会扭秧歌，
我们会画小人儿，我们最最爱看皮影戏。"
四贵说："毛主席让我们唱歌、扭秧歌！"
大家说："毛主席让我们画小人儿、看皮影戏！"

小兰子唱起了那个《兰花花》，
小英子和小芹扭起了大秧歌。
四贵、二狗在地上画小人儿，
小黑子就着阳光比划着学演皮影戏……

三

枣树上的麻雀雀叽喳喳地闹，

枣树下的娃们七上八下地跳。
四贵娘喜眉笑眼儿唱酸曲儿，
不留神儿，一男一女两个八路进了门儿。

文质彬彬一身爽利俩八路望着他们笑，
四贵娘忙禁声，脸蛋蛋红到了耳根根儿。
男八路说：孩子们玩吧玩吧，我们随便来看看，
女八路说：大姐唱得真好听，您接着唱接着唱。

娃儿们不知所措露着那碎牙牙笑，
四贵娘羞红了脸咬着那辫梢梢绞。
女八路指着身边的男八路介绍说：
"他叫马可，是作曲家专门收集民歌的……"①

四贵娘大着胆子问一声："啥叫个民歌？"
"民歌就是您刚才唱的，您刚才唱的就是民歌，
民歌能代表人民的心声，人民的心声就是民歌"，
叫马可的这一说，说得四贵娘甩开了辫梢梢。

她微微撇撇嘴，叼一句："酸曲曲儿也是民歌？"
女八路说："只要是从心底里唱出来的都是民歌。"
"民歌就是那人想人，人想人最最难，最最难张口"，
四贵娘说着又羞红了脸，脸上飞出了两朵山丹丹。

---

　　①　马可：著名作曲家，曾在延安时期收集民歌，并改编了
大量新民歌。

山丹丹开花红艳艳，大妹子想哥想得日头偏，
牵手手来亲口口，有情人最是那月难圆。
八路大姐说："嫂子您就唱吧，大胆地唱吧，
只要是心中的歌，一准感动人谁也不能嫌！"

四贵娘说："八路大姐八路大哥，你别再臊俺了，
打死俺，俺也不唱了，再不唱那酸曲曲儿了！"
娃儿们围住了四贵娘和男女八路好奇地看，
小兰子说："俺会唱哩，毛主席说唱歌就是唱文艺哩。"

一句话说得男八路笑弯了腰，女八路笑得眼流泪，
四贵娘一把搂过小兰子，亲得孩子咯咯咯地笑。
四贵说："就是哩，娘，怕啥哩！毛主席都说了：
唱歌、画小人儿、扭秧歌、看皮影戏就是文艺。"

兰格英英的天上飘白云，白云白格生生的好，
一道道川来一座座岭，川川岭岭拱出绿苗苗。
小兰子大大方方对八路叔叔阿姨说：
"毛主席让唱俺就唱，俺给叔叔阿姨唱段酸曲曲。"

四

小嘴嘴一张一支酸曲儿绕着弯儿地闪，
一闪一闪一支酸曲儿便满院子里颤。
颤悠悠的小曲儿含着那个情，
有情有谊是那地久天长的人儿。

"崖畔上的白牡丹白格生生刺人眼窝窝哩，
垴坎下的红牡丹红得那花瓣瓣儿流水水哩。
张家的那个大妹子哟浪得浪得那脚根根痒哩，
傍晚上那个窜门子能窜进月婆婆的心里去哩……

"红日头呀么白月亮，转呀么转圈圈儿，
白圈圈儿呀么红圈圈儿，圈得那人心寒。
三九天呀么下大雪，雪窝窝里头站，
一站站到那月西斜，斜到那天边边……

"天边边呀么有个哥，是俺的心上人，
心上人呀么去挣钱，衣裳要穿暖。
走路你要走大路，小路有土匪拦，
吃饭你要捡大碗，大碗能吃饱饭。

"到夜晚呀你要想想娘，娘的身边有个俺，
俺不嫌你家穷，不嫌你娘瘫，俺是你的心上人。
只要你心里装着个俺，俺再苦也心甜，
只要你心里念着个俺，俺再苦也心甘……"

七岁半的小兰子一嗓门儿唱到那日中天，
段段儿小曲儿唱出了情，唱得人心儿酸。
酸曲曲里边含着辛酸的泪，泪花花那个闪，
闪着泪花花的眼窝窝让人心生怜。

颤声声的话语，颤声声地说：
"毛主席最知咱百姓艰。"

四贵娘摇着纺车把话说：
"唱唱酸曲儿，也能把人心唱宽。"

五

四贵娘的话说得女八路落了泪蛋蛋，
四贵娘的话说得男八路背过清瘦脸。
人都说：百姓苦，百姓的日子最是艰，
酸曲曲儿来唱得好：人想人来最最难。

天上的麻雀雀有几千来有几万，
几千几万的麻雀雀都飞到那天边边。
天边边有星星，天边边有月亮，
天边边可有咱百姓的米和面？

为了米来为了面，一年忙个三百六十五天半，
忙得人背井离乡走西口，忙得人想人愁更愁。
现如今红军来了咱翻了身呀，有田有地有自由，
有欢有爱有福享呀，满肚肚的感激话倒也倒不完。

男八路说："俺收集民歌就是为了写出新民歌"，
女八路说："俺来听民歌就是为了唱出新民歌"。
四贵娘说："不是俺要唱那酸曲曲儿，
是那酸曲曲儿含着那情来含着那爱"。

有情有爱天变短，有情有爱日月长，
男八路摸着小兰的头，女八路摸着四贵的脸。

一圈圈儿大人小孩围着四贵娘坐，
扯起个酸曲曲儿说呀说得人心欢。

六

隔天隔日，隔不住盛开的山丹丹，
三天五天，天天都有那喜事儿传。
四贵他爹回来啦，身穿崭新的八路服，
背着二十响的盒子炮，手把那洋马牵。

四贵娘倚着那窑门笑，
四贵儿傻楞楞地直眨眼。
小兰小菊二狗子围着四贵的爹爹看，
看得四贵爹拧着四贵儿的小脸蛋儿。

左邻右舍的乡亲都跨进了门槛槛，
把院子圈了个密匝匝都来看新鲜。
人没回来人想人，人回来了又张不开嘴，
热眼眼望着热眼眼，数不尽梦见多少回。

千言万语在那喉咙口口排成了队，
一队队的话儿挤出四贵娘两行泪。
豆大的泪蛋蛋儿里蹦出男女俩八路，
齐齐地说：俺来献支民歌庆你归！

女八路唱：一道道山来一道道水，
男八路唱：咱中央红军到陕北……

四贵娘听得楞了神儿，四贵爹听得笑弯了眉，
一曲唱罢，忙问这是啥地方的歌咋就这么美。

女八路说：这是《翻身道情》咱陕北的新民歌，
男八路说：曲子是你四贵娘和小兰子做的媒。
女八路说：马可把你们唱的酸曲曲儿改编了。
男八路说：词儿还是咱们鲁艺①的同学集体对。

一番话说得大家乐得眉眼眼里淌水水，
都说要学唱，马上就学唱，立即就学会。
男八路说：好啊，好啊，大家要学，我这就教，
女八路说：行啊，我唱一嘴，大家跟我学一嘴。

女八路唱：一道道山来一道道水，
乡亲们唱：一道道山来一道道水。
男八路唱：咱中央红军到陕北，
乡亲们唱：咱中央红军到陕北……

2002 年 3 月 12 日孙中山逝世 77 周年纪念日

（原刊于《中国作家》2002 年第五期，后又在 2007
年 5 月 24 日《解放军报》刊发）

---

① 鲁艺：指延安时期中央办的"鲁迅艺术学院"。毛泽东《在
延安文艺座谈会上的讲话》之后，鲁艺学员深入民间采风，并创作了
一大批优秀的文学、美术、音乐、戏曲等作品，影响广泛且深远。

香魂金灿灿

——中国玉树地震百日暨汶川大地震两周年祭①

　　我奇遇了罗马皇帝马可·奥勒留·安东尼②。那天阳光照着他红漆精雕的窗棂，闻知我从遥远的东方赶来觐见他，他显得极其庄严神圣。从宝座上站起，目含慈祥，怜爱地指着我，平仄有韵地说："由于你有可能在此

---

　　① 　汶川大地震：2008 年 5 月 12 日 14 时 28 分 04 秒，四川汶川、北川，8 级强震猝然袭来，大地颤抖，山河移位，满目疮痍，生离死别……西南处，国有殇。这是新中国成立以来破坏性最强、波及范围最大的一次地震。此次地震重创约 50 万平方公里的中国大地！为表达全国各族人民对四川汶川大地震遇难同胞的深切哀悼，国务院决定，2008 年 5 月 19 日至 21 日为全国哀悼日。自 2009 年起，每年 5 月 12 日为全国防灾减灾日。

　　玉树地震：青海省玉树县 2010 年 4 月 14 日晨发生两次地震，最高震级 7.1 级，地震震中位于县城附近。截至 4 月 25 日下午 17 时玉树地震造成 2220 人遇难，失踪 70 人。为表达全国各族人民对青海玉树地震遇难同胞的深切哀悼，2010 年 4 月 20 日国务院决定，2010 年 4 月 21 日举行全国哀悼活动，全国和驻外使领馆下半旗志哀，停止公共娱乐活动。

　　② 　马可·奥勒留·安东尼：是罗马帝国最伟大的皇帝之一。他不但是一个很有智慧的君主，同时也是一个很有成就的思想家，有以希腊文写成的著作《沉思录》传世。更值得一提的是，虽然他向往和平，却具有非凡的军事领导才干。

大 地 夯 歌

刻辞世，那么，相应地调节你的每一行为和思想吧。"我
怔了片刻，应道："您肯定吗？"他恳挚地说："快去把你
要说的话写出来吧。"我惊出一身冷汗——从梦中醒来。
正是午夜，我想：这个老头子，他怎么知道我有话要
说呢？看来不能再等了。于是，我披衣起身，伏案写
了起来……

——题记

序

无法统计有多少亿人　流下了
多少亿串泪水　也无法度量
有多少亿人　撕心裂肺地痛疼
是一个多么巨大的　痛疼
我知道泪水就是泪水　而痛疼
就是欲说不能的　痛疼
毫不相干的人为毫不相干的人
流泪　这可不是轻浮与矫情
而毫无沾亲带故的人为毫无
牵连相涉的人　痛疼
就更不是急功近利　不是
好大喜功　不是虚情假意
不是　强迫意志的命令
所能完成　我知道
此一深褐色的铅云　含着
水银般的泪水　即使雨过天晴
即使大地复归沉寂　那波澜壮阔
浩瀚无边的巨疼　所包含的真情

也不会消失　此乃稀世之
云蒸霞蔚的瑰丽　此乃人间
义薄云天的光芒　翻遍人类
文明史　包括五千年来
中华民族的文明史　也找不到
这成吨成吨的泪水　汇聚的
人性之大美　更找不到
这巨疼弥天的　世间凡人之
大善　此一深挚动心的赤情浩瀚
包涵了神谕　所不能的思想
比血的蒸腾　更令人思考
比心的呐喊　更令人震撼
我知道　我摸到了
那光芒　但我无法形容
与描摹　我知道
我捧起了　那泪水横溢的
脸庞　但我却擦不干
那泪水　从汶川青川
北川　一直擦到玉树
泪水浇灌的玉　它
生根了发芽了　它长成了
一棵树　一棵真正的
临风　玉树
那是成吨成吨的　泪水的结晶
那是浩瀚无边的巨疼催衍的生命……

一

让我们想象一下　那无边无际的
泪水吧　它们落到地上
渗进泥里　没有直扑过去
与遇难同胞的魂灵　紧紧拥抱吗
那巨疼连着巨疼的弥天痛疼　它们
飞到天上融进云里　没有
与死难同胞的精魄　彻底融汇吗

我一路奔来　满眼金黄
奇香夺魂慑魄　北川青川汶川
直至玉树　似有无数死难
同胞的名字　被金灿灿的黄花
和　黄花喷放的奇香
呼唤　一片片
一层层的　呼唤
起伏的呼唤　在起伏着呼唤
无边的呼唤　在无边地呼唤
那奇香　从九泉下涌来
涌进漫山遍野的花茎花叶
花蕊花盘　而后
一齐怒放　金灿灿
金灿灿的奇香　从汶川北川青川
从玉树　向所有痛疼的心
弥漫　向所有热泪横飞的眼窝
弥漫　大地如花

魂魄似香　　那是亡魂
对泪水的抚慰　　那是英魄
对痛疼的轸恤　　魂魄相系
缠绕在寰宇所有的　　祈祷
与哀悼之上　　闻
闻吧

圣香飘飘　　萦绕净界
境界无边　　香魂弥漫……

二

人　怎么可以没有灵魂
没有灵魂　又怎么理解
这弥天的奇香　这奇香的
无际无边　此刻
我被大雾弥漫的奇香　包围
那一粒粒的香指　抚摸着
我的脸庞　我感受到了
遇难同胞的深情厚谊
我参悟到了　死难同胞的
千言万语　那金黄的奇香
似在慨叹：人间多么好啊
所有纯洁的欲望　都可以
用心　用身体
去体验　哪怕是深情的
一瞥　那一瞬瞬的美啊

一闪　一闪的思念啊
多么辽阔　又多么永恒
仿佛近在咫尺　却又远在天边
灵犀相通的人　即使偶尔想起
也会颊现赧颜　而此时此刻
那骸骨的　思念
却天地相隔　阴阳两界
遥远如深渊　真切似刀剜
一如那滂沱的泪水
穹庐般的　巨疼
自九泉之下　默默涌来
那是亡魂酿就的奇香
那是精魄化成的奇香
那奇香涌入花须花根花茎花枝
涌入花叶花瓣花蕊花盘　香
金灿灿的香　金灿灿的思念
在怒放挥洒　在飘舞弥漫
香　香啊……

圣香飘飘　萦绕净界
境界无边　香魂弥漫……

三

那的确是思念　是九泉下的思念
是地层深处的思念　是死者
对生者的思念　是魂灵的萦绕

是精魄的苦恋　是魂魄相合
对复活与重生的思念　这思念
使我们寻常的思念
显得轻浮　显得浅薄
它从死亡开始　从地狱开始
从灵魂的居所开始
追问人　追问人活着
与死掉的　区别
追问人生来要干什么
能干什么　干什么光荣
干什么可耻　它让我们
一下子　回到了从前
回到了九泉下的泥土
回到了零
回到了子虚乌有
回到了黑暗　和死亡
它逼着我们　从死亡开始
正视灵魂　正视我们的肉身
包裹着的欲望　以及
欲望内部　丑恶的
种种贪婪　正视
我们的人生　蕴含着的
高贵　与纯粹
并用奇香　那金光万丈的纤指
点着我们的脑门儿　说：
要诚实
——不　许　撒　谎

圣香飘飘　萦绕净界
境界无边　香魂弥漫……

四

奇香如太阳泼撒的金粉
层层金黄　片片金黄
从泥城中涌出　似串串
金色的　问号
扑棱着翅膀　向我的心
扑来　向我发问
命我回答　我颤抖的声音
数着　那堆积如山的书包
恨不能扎进大地的深处
把一个个　孩子
抱回来　那金色的问号
揪着我的心　要我回答
关于死亡　关于活着
关于赵作海死而复活的理由①

<hr>

①　赵作海：河南省商丘市柘城县老王集乡赵楼村人，被称作河南版"佘祥林"。1999年因同村赵振晌失踪后发现一具无头尸体而被拘留，2002年商丘市中级人民法院以故意杀人罪判处死刑，缓刑2年。2010年4月30日，"被害人"赵振晌回到村中，2010年5月9日，河南省高级人民法院召开新闻发布会，认定赵作海故意杀人案系一起错案，宣告赵作海无罪，同时启动责任追究机制。

关于富士康十二跳的借口①

活　有活的天理

死　有死的含义

死生之道

存乎一心

人与人　人与爱

爱与自然　自然与命运

一个人的命运与一群人的命运

一群人的命运　与爱的命运

爱的命运与大自然的命运

嗯　还是贝多芬②

那忧郁庄严又雄浑厚重的音符

在我们的心上跳荡　一百年

又过去了　我们踩着

他那射光发热的音符　前行

却仍然没有获得　人与人

人与人自身　自身与自然

---

　　① 富士康十二跳：2010 年 5 月 26 日 23 时许，在富士康科技集团总裁郭台铭视察深圳厂区当天晚上，富士康深圳龙华厂区大润发商场前发生一起员工跳楼事件，富士康证实这名员工堕楼身亡。这是今年以来第 12 宗，造成 10 死 2 重伤。

　　② 贝多芬：德国作曲家、钢琴家、指挥家，维也纳古典乐派代表人物之一。他一共创作了 9 首编号交响曲、35 首钢琴奏鸣曲（其中后 32 首带有编号）、10 部小提琴奏鸣曲、16 首弦乐四重奏、1 部歌剧、2 部弥撒、1 部清唱剧与 3 部康塔塔，另外还有大量室内乐、艺术歌曲与舞曲。这些作品对音乐发展有着深远影响，因此被尊称为"乐圣"。

自然与自身　如何获得
或得到　当下幸福的恩赐
而那些孩子　在漆黑
冰寒的泥城深处　或已
香消玉殒　筋化骨蚀
那魂那魄　与日月相融
合二而一　自那簇簇团团
从那片片层层　广大的
山坳平原　破土而出
似天籁风声　从我车窗的
缝隙中涌来　并立刻
弥漫在　我的心灵
我停车　下来
立正　向漫山遍野的金黄
鞠——躬
默——哀
心诵道：
安息吧　亲爱的孩子们
如果你们的死　还不能
唤回迷魂　促人猛醒
令人审视　人自身的生命
那么　也请你们
不要悲哀　不要沮丧
只要想象一下　那亿万人
流淌的泪水　就够了
物质不灭　能量守恒
亲爱的小同胞　你感受一下

那亿万人撕心裂肺的
痛疼吧　那痛疼
必将　转换成力量
那力量　必将变成
拧不断的精神　是的
我说：愚昧还在
贪婪还在　甚至丑陋也还在
但希望和正义　已两次
在那下降的国旗上　飘扬……

圣香飘飘　萦绕净界
境界无边　香魂弥漫……

五

地震了　这三个字
就约等于　死人了
嗯　吃块豆腐　炒个苦瓜
大狱里的贪官　比常人
更明白　死亡
意味着什么　意味着
你最不想告别的　热恋
必须告别　意味着
堆金如山的　美梦
必须中断　意味着
一览众山小　登临绝顶的
权力狂想曲　必须再见

当然　更是永别

是心如刀绞的　痛疼

是你掏出　赤胆忠心

都换不来的

一小时

不　一分钟

不　一秒钟

不不　一刹那

即一瞬间的三十分之一

是一刹那前的错误选择

是一分钟前的坐失良机

是一小时后的永失我爱

死亡　因爱的离去

而显得残酷

显得不近人情　所以

我们必须珍惜生命

珍惜那一杯　清茶的悠闲

那一刻　三代同堂的欢乐

那一天　同学的聚会老友的重逢

而我们活着的意义

是什么呢　我和你

我们　我们的区别在哪里呢

你和她　你们的爱情是否甜蜜

钱不够花吧　房不够大吧

欲壑　很难满足吧

如果不抢银行　不贪赃枉法

这辈子怕住不上　别墅了吧

鬼使神差啊　自作孽啊
人　怎么可以没有灵魂
没有灵魂　我们会把谁
深深地思念……

圣香飘飘　萦绕净界
境界无边　香魂弥漫……

六

是的　该想想这个问题了
比如死亡对财富的蔑视
对权力的　挑战
比如死亡对平等的尊重
对不公正的　毁灭
已经亿万斯年了　亿万斯年
死亡　从来没有比今天
更深刻　太深刻了
深刻得　直抵本质
生插内核　人蔑视不了的
它来蔑视　人挑战不了的
它来挑战　人不尊重的
比如平等　自由
比如民主　博爱
等等
它　来尊重
而人消灭不了的　庞然

大物　比如欲壑渊薮
比如腐朽制度　比如
唯意志论　比如嚣张气焰
权力寻租　等等
等等　它不动声色的
怒不可遏　可不是
街头小贩　或书斋
狂生的　怒不可遏
它用山崩地裂的　瞬间
毁灭　告诉人类：
人　生来是一样的
都是血肉之躯　且人格
平等　都要吃饭
睡觉　都要孝敬父母
在时间　与空间的长河
云天里　人
很渺小　渺小
如刹那间的　光
瞬息间的　香
且都必定要面对死亡
面对无法预知的未来
以及未来包含着的
悲欢离合　天灾人祸
无论千古流芳的
始皇大帝　叱咤风云的
拿破仑　还是福布斯
排行榜上　那永不降落的

盖世英雄　　在死亡面前
一律平等　　包括林肯
他以锻铸平等的律吕著名
也同样没有死亡的赦免权

圣香飘飘　　萦绕净界
境界无边　　香魂弥漫……

七

那么多的孩子　　数也数不清的
小脸　　刹那间被攫夺
连同他们做也做不完的　　作业
和渴望多一点　　玩耍时间的
所有冀盼　　他们怎么会甘心
怎么会无怨　　怎么会面对
比考试更恐怖　　狰狞的
死神　　而不奋起自保
而不挣扎拼命　　但是
他们
太弱小了
弱小得经不住
老师的　　一个白眼儿
父母的　　一声啼唤
我知道　　为什么
有那么多老师　　想起
自己的学生　　就会痛哭失声

有那么多家长　想起自己的
孩子　就会泪流满面
愧疚　与亏欠太多
太多　多得永远
也无法偿还　自责加悔恨
恰似无底的深渊　不仅
吞没了孩子　更将
生活的希望　一起掩埋……

圣香飘飘　萦绕净界
境界无边　香魂弥漫……

八

面对痛失儿女的母亲　我不敢
用这奇香的金黄　来轻易置换
我看见　我心里竖立着
一个高耸入云的问号
我的好姐妹　我拿什么
来安慰你　拿什么
能交换你心头的　灾难
我轻浮地想到了　那四面八方
伸出的手　我浅薄地想到了
那跨海越洋　捐来的钱
但是但是　当这一切
都无法　把她的儿女
救赎的时候　我揪起来的心

突然亮了　钱是什么
一个亿万富翁　醉了
他对我说：钱是狗屎呀
你知道不？它能让你
多活一天
一小时　一分钟
做　梦　吧
你
虽然倒塌的房子和大楼
可以重建　简陋的校舍
和医院　可以重建
但是　但是
我说的
是
一只鸟儿
一只被砸死的　鸟儿
你如何去施法　做场
让它活灵活鲜地
重　现

这时侯
一只鸟儿的　重量
在这里
在生命的天秤上
就远比世界上　最大的森林
还重　而一个人
在这里

就约等于　我们
整个人类　共同
拥有的时间……

圣香飘飘　萦绕净界
境界无边　香魂弥漫……

九

静穆　黑色的静穆
我不敢沉入那黑色深处
哪怕有灯　有玉皇大帝指引
我也不敢　我怕
我怕得浑身发抖
嘴唇乌紫　大汗淋漓
滴滴嗒嗒　好似一只落汤鸡
我不敢去看　那堆积如山的书包
沉甸甸的书包　它们还没有
来得及减负　我更不敢去看
那水泥板下　鲜红的一片
哪怕没有光　我也不敢去碰
那湿淋淋的　粘稠的血
我在静穆中冥想着
孩子们的　痛疼
又在冥想中　体验了
孩子们　孤立无援的
挣扎　与嘶唤

那是憋闷窒息的痛疼之极
那是猝死之巨裂的身心之爆炸
那是一峰峰
生命之浪的　淤积
澎湃　又轰然跌入
死之深渊的　孩子们啊
他们　正在成长
他们　至纯至洁至圣的梦
才刚刚伸开乳燕的　雏翅
便被蛮横地　攫夺了

静穆　静穆
静穆的大地捧出了
一片片的金黄
一片片金黄　弥漫着
浓郁的奇香　彩蝶飞来了
蜜蜂飞来了　我的好姐妹
——你看到了吗
那是你的骨血精魂
养育的儿女　从九重
地狱的深处　伸出了
金灿灿的小手　状若彩蝶
形似花朵　那么多
那么鲜活　又那么生动
一片片　一层层
迎风招展　那可是
解脱了的　孩子们

在指给你看　故乡
看今天　是一幅
多么难以割舍的　画卷
你还没有悟到吗　生活
自有一份灵性的平淡与丰富
爱的博大与温暖　难道
你不这样以为吗

圣香飘飘　萦绕净界
境界无边　香魂弥漫……

十

那位剪了齐耳短发的女孩儿
那个有着娇容的女孩儿　她
——没有家了　所有的老师
都是她的　爸爸妈妈
所有的爸爸妈妈　都爱她
都如己出　一个个惦记牵挂
操劳奔波　接踵叠加
两年了　她仍不习惯
极其不习惯　你问她
习惯了吗　她说
习惯了　她的语言无法表达
她的心愿　她的心愿
不是老师帮她梳头
帮她洗澡　帮她买衣服

她不愿亏欠　　又不得不
亏欠　　所有的人
都是她的恩人　　她的
真诚的美好的无私的恩人
她必须认同　　恩人
她的恩人太多了
多得她承受不了　　那爱
那个她想象不过来的爱
那个她偿还不了的爱
但她又不能说　　不接受
她接受　　也得接受
不接受　　也得接受
这种被接受的　　种种感受
你体验过吗　　我体验过吗
我们　　体验过吗
这是一种
多么沉重的　　感受
一个孩子　　比如她
如果没有这些感受
她失去父母　　失去
亲人的　　心
会再次　　受到伤害吗

于此
我知道了
什么是——孤儿
孤儿　　就是

你必须　被认为
你
是
孤
儿

像灾区　必须被人
当作　灾区
灾区　才是
真正的　灾区吗
故假灾难以营私才那么疯狂
故假灾民以贪婪才那么无耻
这个女孩儿
这个三年级的女孩儿
她　没有
说出的　话
是
——我　不　愿
被
孤
儿

圣香飘飘　萦绕净界
境界无边　香魂弥漫……

十一

她　思念

她并不富裕的　家
那是你——全社会
都无法给予的　温暖
那是　温馨的
体香　是胎中带出的乳韵
之亲昵　谁能给予
那是疼爱的　眼神儿
是无须语言便能领会的赴汤蹈火
之从命　它与任何人的奉献
关爱　无关
那是一日三餐的　庸俗情爱
是一年四季的　上学放学
甚至是妈妈　斥责叫骂后的
担惊受怕　是爸爸睡着了
又醒来　翻箱倒柜
找到的　一件并不时鲜的
花　衬　衫
那是一个家庭所独有的
烟火气息　在一个都不能少的
氛围中　日日月月地
弥漫　我们拿什么
来安慰　这个孩子的心灵
拿泪水　和疼痛
在全世界的广场上编织
大爱无疆的　汉字吗
那流不进人心　渗不进灵魂
爱的　第一个音符

是
——尊　重

像灾区的人民　未必是灾民
灾民　很可能远在灾区之外
我确信
人格健康的人
无论多大的灾难
也不能将他击倒　而贪婪
与自私　才是人类
最大的祸患
谁是灾民　我问
你没有反思　你不在灾区
我没有自责　我不在现场
但我知道　我们的灾难
就藏匿在我们的未来
藏匿在我们最阴暗的　心灵
拐角　必须把它拴牢
让它永无天日
而你的灾难　从"双规"开始
到宣判到服刑　到未来的
无尽时间　还远远地等在
你苦难的前边　熬煎
熬煎　是肯定的
而死亡　这一次
决不是启迪
更不是教育　和改造

我真不知道　该如何把你
救赎——我的兄弟

圣香飘飘　萦绕净界
境界无边　香魂弥漫……

十二

孩子是人类贪婪本性的　继任
传人吗　为什么拼命添加作业
疯狂灌输知识　不仅侵占了
双休日　且又霸占了孩子
所有的业余时间　百分之七十的
高度近视　加百分之九十的
背部微弯　疯狂的家长
把自己都实现不了的　梦想
庞大无边的梦想
璀璨多姿的梦想
贪婪地强加在　孩子的童年
少年青年　各种各样
五花八门的补习班　加巧立名目
花样翻新的推优班　补进的
是非人味儿的冷酷　推掉的
不仅是孩子的童年少年
和青年　更是孩子与人
与大自然　相亲相爱的
天资　童贞养成的经历

而没有这浑然天成的穹籁
之涵养　我们的孩子
就永远不会知道　什么是
——悲悯　更不会理解
真正的　大善……

圣香飘飘　萦绕净界
境界无边　香魂弥漫……

十三

此刻　我正陪伴着我的女儿
做作业　已经是 23 点 30 分了
但她仍在作业的深处
拼命地泅游　她那么渺小
渺小得　与死难的孩子
相差无几　然而
却阴阳两界　天上人间
死亡　当然
绝对　是不幸的
我知道　但没有童年
少年　青年的孩子
不亦同样　不幸
让我来想象一下
这无数不幸中之一个　不幸
所包含的　呐喊吧
我深信　即使九泉下的孩子

已化作了　泥土
那呐喊　也会和他们的血液
一起生根　和他们的骨肉
一起发芽　开花
开
呼喊减压的　花
开
呼喊　还我童年的
花
那无声无言的　嘶吼
如横陈
竖立的　大海
每一滴　海水
都是一个幼小灵魂的　嚎叫

不要知识动物　不要未老先衰
不要贪欲盈心的走兽
不要金钱的奴隶
权力的膜拜
不要

让我们的灵魂
化作高贵的头颅
独立
自主　怀忧
向上

让我们的精神
变成纯洁的露水
请仙鹤
来
啄饮
请圣女
来
沐　浴
即使永诀人间
也不做孤魂野鬼
不做幽怨的啜泣
我们活着　是娇艳的花
死了　还是娇艳的花
你闻　你们闻
闻吧　亲爱的校长
敬爱的　教务主任们
我们　日思夜念的老师
同学们啊　你们闻
亲爱的妈妈　爸爸
爷爷　奶奶　姥姥
姥爷啊　你们
都来闻　闻啊
那奇香　就是我们
再生之童年　那金黄
就是我们　嘹亮的歌声
你们听　听到我们的
爱了吗　金灿灿的香啊

金灿灿的爱　环绕着
地球上　所有劳碌的人们……

也许　不是每个人
都能领悟　这奇香
通俗而又　渊深的
思想　温馨而又
深挚的　博爱
但是
他们如圣水　在抛洒
似香魂　在歌唱……

圣香飘飘　萦绕净界
境界无边　香魂弥漫……

十四

我站在金灿灿的花丛中
准确地　对扑面的奇香
说：故乡
不仅是掩埋我们先人的
地方　从今以后
我们的儿女　也在此
安息　我们不会离去
像我们的骨肉不会分离
他们没有消逝　像我们的
梦

大 地 夯 歌

夜　　夜

和　　他们

生活在一起　　他们

永远　　像那金黄的光芒

含着沁人心脾的　　芬芳

明媚　　细腻

鲜艳　　可亲

连流出的　　鼻涕

都充满了　　在世的生气……

在重建后的汶川

第一中学　　我见到

一位母亲眼里的太阳

那是涌入校园的　　孩子们

在她眼中闪烁出的光芒

她说：我儿子若活着

今年　　该高考了

一句话　　让我

延声测度了　　她心中

无涯无际的　　灾难

我反问自己　　我不是

常说：我是为孩子活着吗

那么　　我是谁

她——这位母亲

又是谁　　我们都是儿女父母

我们长大成人了　　父母

却衰老了　　我们衰老了

孩子们　却长大成人了
父母养育了我们　我们
呵护着孩子　孩子
又有　孩子
一代代的　孩子们啊
迎着变幻莫测的时间
和时间所包含的灾难
与平安　倔犟地
向我们　走来
走在我们疼痛的心脏里
走在我们周身的血液中
走在我们盈盈欲出的泪花里
走在泅透着　我们
泪水的　大路小道上
我说：人活着
就要承受　并迎击
这一切　天灾永远
等在我们的　前边
我们的　前边
永远有无尽的　灾难
这是无法预知的世界
是我们掌心上的命运
是我们未来的　死敌
我们要时刻警惕
奋勇抗争　而人祸
生来　就藏匿在
我们的骨肉之中

像贪婪　一直

在我们的心中　徘徊

是我们的肌肤豢养的虎豹

是我们的骨肉喂养的豺狼

故无怨天灾　只恨人祸

恨私欲横流　贪念泛滥

恨假公济私　无法无天

——孩子们呐

我们的祖先

在九重地狱的深处

替我们超度　呐喊：

勇敢是勇敢的血液　对懦弱

血液的　决战

只有战胜自己

让勇敢的血液　从心脏

出发　流遍我们周身的

每一根　毛细血管

人啊

才配享受幸福

享受高贵的　人格尊严……

圣香飘飘　萦绕净界

境界无边　香魂弥漫……

十五

我也曾　在重建的汶川

人民医院　与来自香港的
灾民心理康复中心的专家
倾心交谈　从上午到傍晚
我们谈到了地狱　与鬼神
谈到了往生　与超度
谈到了死生之苦　与极乐转世
我发现　世界
果然　是一个整体
而时间与空间　果然
紧密相连　你看不见的
它存在　你进不去的
它存在　你无法和古人
对话　也无法和未来
攀谈　但是
有人可以　有物质
可以作证　有心灵
可以感应　甚至
还有诗人
那个天才——但丁
他写出了万世不朽的诗篇
蓦然间　我觉悟了
灾难背后的意义　明白了
一位心理疾患者的　康复
要比　重建一座城市
还要　艰难
习惯把习惯　变成了
梦想　梦想又把梦想

变成了　　想象
想象　　把想象
变成了　　欲望啊
欲望　　又为多少
无辜的人们　　送葬
此刻　　我的耳畔
响起了
威尔第　　竭尽心力
谱就的《安魂曲》
那是神圣和庄严在为逝者送行
也是生命对生命　　不朽的礼赞
死亡　　被音符描绘成花环
串串花环　　被编织成圣殿
死的恐惧　　被抽丝般
从我的血液　　我的骨肉
我的心灵中　　一丝丝地
抽走　　地平线
遥远的地平线　　又缓缓地
展现在　　我的眼前
我看到了　　旭日的东升
看见了　　死难的
一排排的兄弟姐妹
还有孩子　　成千上万的
可爱的　　扎着红领巾的
——少先队员
他们沐浴着太阳的光辉
满脸神圣　　一如从前……

圣香飘飘　萦绕净界
境界无边　香魂弥漫……

十六

沿着一粒　金色的花香
我来到崭新的马鹿小学
三位地震孤儿的身边
周末了　同学们
都回家去了
他们三个
没　家　可　回
他们的家　是学生宿舍
是电脑室　是图书室游戏室
是塑胶操场　是校务办公室
是最现代化的　世界一流
全国第一　新得叫人艳羡
令人称奇　但是
这三位孤儿
没
有
家
！
他们的家　是泪水
背后的　作业
作业　就是他们的家
每天早上　他们看着同学们

大 地 夯 歌

走进校园　每天下午
又看着同学们　放学回家
家　装在他们两年前的心里
满满的　不仅白天的瞬间
闪念　会突然蹦出
夜晚的睡梦　更会
随时浮现　甚至喊过
对——绝对喊过
一次　又一次地喊过
——爸爸！
——妈妈！

穹庐笼盖了呼喊
时间漫过了空间
两个憨笑男孩儿的画笔下
太阳东升大山巍峨小鸟飞天
楼群高矗飞机翱翔轮船劈波
自由　在他俩的指腕之下
与想象齐飞　甚至比想象
还多了　歪七扭八的线条
和颜料放纵　导致的
过分的鲜艳　自由
超出了想象　想象
便更像　想象
比线丰富　比色彩放肆
合起来
便是

——童心了
便是璞玉待雕的　心灵
我问：为什么
不画画山坡上
那一片片的黄花呢　闻闻
多香啊　他俩吸溜着鼻子
闻　用力用心地闻
他俩没有闻到那香
我知道　三年级的毛孩子
没有把花香与父母的亡灵
联想到一起的能力　我说：
画得真好　每人奖励
一百元
所有的给予资助　与捐献
都没有奖赏　更易
激起　孩子
向前　向上
的
力　量
自然　比生硬更艺术
用心　比艺术更自然
而我的自然
却遭到了　孩子
果断地拒绝
而且拒绝得　比身边的
校长　更果断
动人的果断

灿烂的果断

让人想起孔融

想起甘罗的　果断

同时　也让我

想起了　都市乞丐

那厚颜卑微与猥琐无耻的

死磨硬缠　这些放弃了

高贵与尊严　放弃了

勤劳自强与自爱的　人们

比灾区的孩子　更矮小

我知道　房塌了

可以建　楼倒了

可以盖　心毁了

谁

也扶不起来

两位地震孤儿的　果断

使灾区的重建

又获得了

一条

辽远的　地平线

金灿灿的鲜花　盛开在

平原高山　那是

遭劫众生的魂魄

再现的容颜　哪怕孩子们

没有闻到花香　没有感受到

香魂的弥漫　正是

九泉下的亲人们　环护着

他们的深情　舐犊的深情
但我却从孩子的身上
看到了
真正的
人的——精　神

那是人格的　起根发苗
绿油油的　我说：
从此　请大家
把慷慨的捐助　换成
无言的　精神关怀吧
从一棵草　一朵花
一个人
开
始

一人
一个神
神　是什么
神是——自爱

一神
一个魂
魂　是什么
魂是——自尊

一魂

一个人
人　是什么
人是——自律

从每个人开始
让香魂　一丝丝
一缕缕　一片片
金灿灿地弥漫　鲜艳艳地
弥漫　漫向全国
漫向　整个人寰……

哦　圣香飘飘　萦绕净界
境界无边　香魂弥漫……

跋

活着是多么的好啊　活着
并且感受着　在天和地之间
迎着旭日　或迎着夕阳
信步的感觉　是多么的好啊
那感觉　哪怕是
瞬间的　一丝凉意
也是活的　活着的感觉
像一个丽眼儿　一个飞吻
一个琢磨不透的　小声嘀咕
嗯　被嘀咕
也是活的　感觉啊

不仅他　或她

感觉到了　你的生气

你自己也会感受到

被人注意　或被人在意的

小小的得意　得意

就不要说啦　比之失意

那更是　人

活着的感觉　我说

活着　是多么的好啊

有自尊　自爱

自律的　三宝护佑

金山　可以放下

权欲　可以放下

心头的自在呀

它不请　自来

感恩苍天　予我风霜雨雪

感恩大地　赐我五谷佳肴

感恩祖先　令我知生死

感恩后人　让我明古今

这是我此生　目睹

汶川地震　玉树地震的

觉悟　我想告诉他们

敬爱的　亡灵

许多人都明白了　我们

必须替你们——死难的同胞们

好好活着　像真正的

人

那样　安详勤恳
忘我地创造着　生活着
是的　活着
就很幸福啊

哦　圣香飘飘　萦绕净界
境界无边　香魂弥漫……

2010 年 4—5 月草于成都—西安
6 月 1—8 日删定于京华

（原刊于人民文学出版社出版的《中国诗歌》2011
年第二期）

碧水红莲

序

据历史记载　那一天
阴　且有小雨
我不相信　在我想来
那天肯定阳光灿烂
必定阳光灿烂　一定阳光灿烂
我都闻见灿烂阳光的芬芳了
都听见灿烂阳光洒向湖面时
"刷"的一声
——那美丽的投入了
怎么会是阴天怎么会有小雨
怎么会违背
四万万五千万同胞的心愿呢

太久了　太久了
阴了几百几千年了
怎么能永远阴下去呢
暗无天日　遮天蔽日
那乌云犹如天庭的钟穹

竟要牢牢地扣盖着人们的心头吗
我不相信　决不相信
哪怕是一线希望　老天爷
你也不给吗？还要下雨
无论大雨小雨　都是雨
都是浇灭人心灵之火的　雨呀

大地如此凄凉悲苦
百姓如草芥蚁蝎　自生自灭
你的淫雨竟如此绵长
绵长至此时此刻
即使这历史骤然拐弯的一刻
你仍然没有怦然心动　眨一下眼
就眨一下——
令霞光霎间　放出一束光芒吗

一

那一天　太阳仍然不是
不是从西边升起　仍然不是
不是从南边从北边　升起
仍然是——
必定是　肯定是　一定是
——从东方升起

我听见了　那鲜红的惊雷
如炸霆般灿烂从　天而降

"哗"——
大地披上七彩霞光
十三位英俊的书生①
和一名　秀丽的少妇
驾云而至　他们神采奕奕
生气盎然　虽是书生
却纠纠乎　犹如铜枝铁杆
锃亮的肌肤　泛着钢的质感
在仙气的轻拂下
飘然而至　来得合情合理
来得适时适世　轻轻地
他们来了……

仿佛太阳说　要一条船
于是　就有了船
再要一条小船
于是　又有了一条小船
湖面上漂浮着两片红叶
殷红的枫叶　像两片红霞
在碧波上摇荡漂浮
而碧波如襁褓　轻轻地
托着它　悠悠地荡漾
一大一小　一大一小
两只船　两只红船

---

　　①　第一次党代会正式代表十二人，另有一名为陈独秀指派
出席的，他就是包惠僧。

载着十三位红色青年
和一位水灵灵的　红色少妇①
在碧波上荡漾　荡漾
中国第一大党的
第一次代表大会的　最后
一次会议的　会址
就荡漾在　这两条红色的船上
象征的意义
是后来的人赋予上去的
而那荡漾　却是千真万确的
一如后来的风风雨雨
一如后来的苦难岁月

二

中国共产党的第一次代表大会
在南湖的碧波上摇荡
在九十五年前的今天上午召开
关于中华民族向何处去
是向东　还是向西
是迎着暴风骤雨
还是顶着惊涛骇浪
是生存　还是毁灭
是我不下地狱

---

　　①　这里指李达夫人王会悟，她坐在船头为会议警卫，当时
他们新婚一年。

谁下地狱的　舍我其谁
是飞蛾扑火　是浴火重生
是绝望中振翅飞翔的　火之凤凰

砍头是家常便饭　何况是造反
是创世纪　是推翻旧世界
是当家做主人　是废掉所有的
专制与独裁　尤其是要创建
一个政党　带领亿万民众
翻身解放　而这个政党的灵魂
是什么　是专制　还是多党
是民主　还是独裁
是集合天下精英与贤良之志士
还是召英聚雄　占山为王
是党同伐异　为自己谋私益
还是把民瘼当作理想
用生命　去书写华章？

建党
建党是必须的
它必须是钢与钢的熔合
必须经得住千锤百炼
必须科学缜密　必须质胜于量
必须的必须　一切的一切
是抛头颅　洒热血的决绝
是决绝的集合
集合的决绝

舍此 决无可成之事

关于组建一个政党
以及这个政党的 所有追求
纲领 使命 责任
与纪律 等等
都在这个摇荡的船舱里产生
仿佛一气呵成
却是应运而生
仿佛是一个婴儿的摇篮
实是浴火凤凰的诞生

三

那天 少妇坐在船头望风
并不时回望船舱 她美丽的眼睛
双层眼皮下黑眸泛着清波的眼睛
闪烁出的波光
使舱内的书生们 都心情灿烂
当然灿烂 必定灿烂
哪怕面对刀锋
面对"宁可错杀一千
绝不放过一个"的白色恐怖
他们也有一万个理由 心情灿烂
是的 没法不灿烂
一定 非常非常的灿烂
穷人的党诞生了

像穷人的孩子从苦水中跃出

那个兴奋　那个激动

从十三双眼睛里

向外横溢迸发　没有流光溢彩

那光　那希望之光

仍然把人心照亮　把大地照亮

那天怎么会是阴天呢

怎么会下雨呢

我坚信　即使是阴天

那人心也是阳光灿烂的

即使下了暴雨

那人心也必定是灿烂阳光的

那是希望之热血

被希望点燃　不是阳光

也胜似阳光　那是光的灿烂

那灿烂的光芒

在灿烂的心头　灿烂成的辉煌呵

四

仿佛中国的命运

是的，事实上中国的命运

正是从此紧系于这条红船

它劈波斩浪　它一往无前

而船头的女子——第一个

发现了　那灿烂的阳光

虽然天是阴的　而且还下着小雨

下着小雨的阴天　竟然有阳光
灿烂　有灿烂的阳光
在幸福地　普照大地
哦　这就是历史的复杂与丰富
丰富与复杂　就这样交织在了
一起　阴　小雨
阳光　都被她看见了
她知道那是阴雨中的阳光
或阳光中的阴与雨的交织
所以　她才觉得风光无限
无限风光
在险峰之上灿烂
她必然心情灿烂　继而
明亮的双眼也流溢着灿烂
仿佛这美目的流转　如未来的明天

奋斗吧　同志们
董必武颤动着山羊胡须
说：如果没有饥饿
我们中国的女孩子
个个都是国色天香
如果没有封建专制
我们中国的女孩子
——个个都是绝代佳人
如果没有愚昧和无知
我们中国的女孩子啊
——个个都是精灵

生活在美丽动人的土地上
谁还不会唱歌　谁还不会跳舞
随便拉个人来——
不是舞蹈家　也肯定是歌唱家

我没有耳福　没有亲耳聆听
董泰山的湖北话　凭着想象
和猜想　我认为
他必定要这么说
更何况王会悟还坐在船头呢
更何况她的丈夫　李达
正为董老泰山的话　而奋勇担当呢

五

接着：毛润之激动了　说
是啊是啊　如果没有
帝国主义　没有封建主义
和官僚　咱们的中国
咱们的中国男耕女织
夫妻双双　那日子
比红辣椒　还红火呢

愤恨溢于言表　神情冷峻凌厉
而他说的红辣椒却由声音
变成了色彩——变成了
红彤彤的光芒万丈

变成了　夺目的鲜红
这是否预言了
中国革命的　血腥未来
是否象征了
胜利的花朵　必须
要用热血　来浇灌

我渴望真正的革命　获得真正的成功
但我不愿看到　不
我甚至不愿想到血　想到红

虽然爱吃红辣椒的毛先生
他找不到第二个　更贴切的比喻

六

是啊是啊　周佛海——当然不是
不是后来的周佛海　陈公博
还有张国焘　也都不是后来的
陈公博　和张国焘
当年　当年的他们
都还没有遇到复杂的历史
和历史复杂的　各种局面
单纯加执著　加革命的热望
把当时的复杂与丰富　省略了
也给历史留下了　更多的隐患
和遗憾　但是此刻

此时此刻的三位青年
仍然是革命青年　他们涨红的脸
肯定被热血充满涨红
包括　他们挥动的拳头
也必定被心里的激情
鼓舞　而抖动不已
那个时候　他们的脑子里
是单纯而执著的　要革命
是革命把他们召唤到这条船上
还来不及考虑权力的大小
与身份的尊贵　更没有多少私欲
来分享他们革命的理想
甚至生命　他们
也是打算用来砸烂旧世界的
他们因此而刚烈　偏执
他们说：
黑暗啊　列强的霸权
黑暗啊　军阀的蛮横与混战

七

李达　他推了推
鼻梁上的珐琅镜　又摸了摸
因愤世嫉俗　而剃光的脑袋
说：把他们全扫光
船头的少妇——
他的妻子　回头抿嘴一笑

他眨眨眼　问：我说错了吗
毛润之笑了　一阴一阳
润之说——水火不容
可李达与会悟却如天仙绝配啊
哈哈哈哈　红船上荡出了笑声
而天外却传来轰隆隆的雷声
闪电是后来的事儿
但雨并没有下下来
只有风
只有风轻轻地回荡着
他们的笑声以一种看不见的手指
将他们银铃般爽朗的笑声
——撒入了湖面
而后　那笑声
便凝作一朵朵盛开得极其灿烂
极其灿烂的　十三瓣
——红水莲

八

红水莲　红水莲
红水莲的花蕊有奇香弥漫
那每一粒香指　都在抚摸苍天
抚摸大地　抚摸大地上
衣不遮体的百姓人家
邓恩铭　只有十九岁的邓恩铭
说：从贵州荔波

到山东益都的　投亲路上
我见惯了饿殍尸横遍野
见惯了乞讨的老妪与儿童
他说：这哪里是我的祖国呀
我的祖国　是这样破烂不堪吗
是这样四分五裂吗
是这样弱肉强食吗
是这样凄苦悲凉吗
我
不
相
信！
我不要这样的祖国
我要我的祖国　是富裕的祖国
我要我的祖国　是文明的祖国
是平等　是博爱
是公平公正　是铲除了罪恶的
祖国啊　啊啊——
我的祖国必须富强　没有道理不富强啊

九

王尽美插话了：靠你一个人能富强吗
何叔衡答：因此　必得有我们的党
十三人齐答　不　人民的党
——代表人民利益的党
毛润之　又补充一句

是代表人民根本利益的党
大家的目光一下子　碰到了
一起　瞬息之间
便凝聚在了一起　他们说
是的　是人民的根本利益
而不是哪个省　哪个阶级
哪个集团　哪个民族的利益
是中华民族的　根本利益
是根本利益　而不是眼前的利益
局部的利益　这个必须明确
董必武说　必须写进党章
作为永远不变的真理
对对　永远不变
——永　远　不　变

他们　又一次的齐心而语
虽然声音很小　却是由心爆发
我并不在场　但后来的故事
尤其那九死不悔的　一个个
忠烈的故事　以及自此之后
召唤来的前驱们　喷洒热血
义薄云天的视死如归　告诉我
他们十三位先贤　在红船上的对话
比此刻在时间雕像上的誓言
更生动
那是生动的历史记忆
又是任人想象的历史想象

我想象着他们充满生气的脸
和目光　我知道
那脸上的生动　就是今天
所有人脸上的生动　那自信的目光
就是今天所有人脸上　自信的目光
而时间深处的巨变　已化作了历史
已翻越了九十五年的时光……

十

这时阳光从窗棂照进船舱
在李汉俊　刘仁静　何叔衡
还有李达的眼镜片上——
晃悠了一下　仅一下
就被镜框上　那八张镜片
反射在船舱的　八个角落
——船舱更亮了
人心更亮了　这时
船头的少妇——王会悟
哼起了　西塘田歌
那调调打着旋子　在飞呢
那曲曲转着弯子　在转呢
那曲调儿转着弯子
在少妇王会悟的嗓弦上　颤呢
颤出了一片　鲜嫩嫩清冷冷的涟漪
那捧着红船的涟漪上
绽出了一朵朵盛开的红水莲呢

那红水莲有十三瓣红润润的唇呢
那唇上滚动着晶晶莹莹的水珠呢
哦　红水莲
红水莲　在阳光下通体晶红
晶红通体　奇香弥漫
整个南湖　整个南湖……

十一

绝对服从党纲　董必武说
绝对服从党纲　其他人
压低声音　坚定地说
绝对严守党的纪律　董必武说
绝对严守党的纪律　其他人
斩钉截铁地说　邓恩铭憋不住了
呼：中国共产党万岁
其他人发自心底地　小声　高呼：
——中国共产党万岁

小声　小声的小有多小
高呼　高呼的高有多高
那是小声的大音希声
那是高声的至高无上
小声　高呼
浓缩了那个时代的精神
那个精神以小的组织
干伟大无比的事情

那个事情以高于一切的无上荣光
来创造中国革命的　最初的辉煌……

十二

他们的声音是那样的小
那样的小　小得连船头的
王会悟　都听不见
那是羽毛的轻轻微拂
那是微风的柔柔掠过
它是以一种不动声色的呼号
表达十万雷霆的百万吨力量
没有声嘶力竭
没有口干舌燥
然而　却响遏行云
直冲云霄　而后
又从天而降　瞬间撒遍
九州的　九十五年历史
它以无可回避的艰难困苦
实现着玉汝于成的　今天

今天　它在我们的心头赫然醒目
使我坐在南湖的船头凝思良久
我在想　是啊是啊
这是什么样的力量
我在想　这是什么样的精神
把陌生人变成了

熟悉的战友和同志
是什么精神　把十几个人
最初的誓言　点化成了
倒海翻江的　擎天力量

嗯　从昨天到今天
九十五年的萌芽　成长与壮大
如果你不相信水滴石穿的哲理
——可以看看今天的中国共产党
如果你不相信百折不挠的理想
可以改变世界　创造历史
——请你看看今天的中国共产党

这个党几乎就是一个思想的集合
它的丰富　是用生命和热血组成
而它的复杂　更是用艰辛
与悲壮的经历　构成的奇迹
如果没有丰富　就酿不出传说
如果没有复杂　就写不出史诗
没有一个传说不源于人的心愿
没有一部史诗不包含着瑰丽的理想
千百万人的理想组合而成的理想
在今天成了电视连续剧的惊心动魄
成了大学的讲义与史学家们争鸣的论题
成了西方世界对东方古国的猜想
成了执政党取之不尽用之不竭的

源泉和力量　成了普通百姓
遇事逢难　找上门去问责
诘难的对象　成了网络曝光的
一桩桩贪腐案例　两亿网民
四亿只　警惕的眼睛

人在做天在看呐　看大浪淘沙
谁在顶天立地竞风流

这不是民主吗　这不是人权吗
这与孙中山的理想还有多大距离
这与马丁·路德·金演讲所说的平等
与博爱的理想　还有多大的差距

距离当然很大

差距固然遥远

但是啊

孙中山的子孙仍在努力

共产党的后人仍在奋斗

我知道历史永远在前进

我知道文明永远在召唤

但历史的篇章

永远写着　与谬误的搏斗史

而为文明的努力

永远镌刻着　前驱者的奉献……

十三

我记得　并且不会忘记

毛润之夸赞过蚂蚁啃骨头
毛泽东赞美过愚公移山
毛润之还说过——中国共产党
要压倒一切敌人
而决不被敌人所屈服
毛泽东——甚至在五二零
庄严声明中　高呼
——全世界无产者联合起来

是啊是啊　联合起来
像南湖上的水莲花瓣
——一瓣一瓣地　挽起心来
用心与心的连接来抗拒寂寞与狭隘
用心与心的连接来消除偏见与愚顽
用心与心的连接来铲除不公与贪婪
用心与心的连接来创造明天

是的　明天在每个人的心上
每个人的心上永远有一个明天
明天凝聚着　一代又一代人的
青春热血　每个人的青春热血
都在为明天而奔涌　是的
青春要闪光　生命要怒放
从昨天到今天　从今天到未来
让那十三个人最初的怒放
变成亿万人心的　怒放吧

让中国的所有江河湖海

怒放红水莲　让全世界的

江河湖海　怒放红水莲

什么是每个公民的浪漫情怀

当真正的草根都盛开了欢乐的笑颜

谁能说　这不是人类共同的理想

九十五年铁血澎湃

全为着民心的欢畅啊……

跋

这是十三个人最初的怒放

我从探访到猜想

完成了对一个事实的想象

我知道　有人不相信

或有人把它当成了故事与传说

而我不　我是从听故事开始

进入探访　进入察微

而后　又进入了想象

我知道　所有的想象

都是从真相的事实中产生

无论过去了九十年　还是九百年

我都坚信——物质不灭

能量守恒　所有的付出

无私的付出　都终有报偿

一如这十三位先贤最初的怒放……

2011 年 4 月 12 日京华第二稿

5 月 1—16 日第三稿

蹈海索马里

谁也不愿在吼狮面前舞蹈
　　　　　　——阿拉伯谚语

序

一
粒
光
扫过
非洲大陆
最东端的犄角
鹰嘴儿勾内的尖
刺入一闪即灭的光芒
天光乍破　覆盖整个大陆
漫入鹰的眼睛——摩加迪沙
灯光稀疏　椰树摇曳
哦　索马里半岛
我来了

海面上

一轮旭日徐徐升入我的双眼
在我云蒸霞蔚妖娆无限的心海
突然涌入索马里海盗出没的波涛……

一

当时　他看见她
那位皮肤黝黑的少女
用一串他根本无法复述的声音
紧紧地拽住了他的目光
他看见了她的眼神儿
那黑白分明的眼神儿
流露出来的一丝
一丝丝儿乞盼　是的
不是期盼　是乞盼
是一秒钟的十分之一
仍然被他迅捷的目光
抓住　那乞盼
只闪现了一秒钟的十分之一
是一种留恋
也是一种无奈
仅仅是一秒钟的十分之一
之后　便是她的呼号
一种张楠和我们听不懂的呼号
同时又被黑皮肤少女的动作
吓了一跳　她
一下子敞开了怀

绑在她身上的圆凸凸的炸药
夺目而出　他即刻护住大使
那是一秒钟的二十分之一的挺身而出
与此同时　爆—炸—了
那声音　在摩加迪沙的上空盘旋
犹如阴魂　久久不散……

二

他　就是一米八六身长的张楠
喜欢在半岛皇宫酒店的五楼窗口
凭海临风　瞭望索马里海的月色
然而　那一声爆炸后的情景
令他至此之后的
所有时间——只要合上双眼
就会即刻闪现
并且永远　也挥之不去

太惨了——九个男女　和她
那位少女　被炸的血肉横飞
他和他的战友
就是我们　我们奔过去
还准备抢救呢　然而
眼前呈现的是一截一截的血肉
而且有几只胳膊
和大腿　还冒着烟
有一颗长发头颅　还睁着双眼……

他　就是张楠
前天才交了决心书
还用了一个成语　原话是
如果不能为祖国尽忠——死不瞑目
此刻　他看到的　死　不　瞑　目
是一颗被炸飞的妇女的头颅
——在地上微微颤动
微微颤动　并且
还冒着刺鼻的焦糊味
他知道　这已经不是一种味道了
那是什么呢

三

那是一种进入记忆的方式
一种月光　来自唐代张九龄的笔下
天涯共此时　海上生明月
此时　他觉得那味道
比唐代诗人的月光
更令他难以忘怀
那是一截一截冒着烟的血肉坨坨
一坨一坨　冒着烟
而且肠子拉得老长
挂在残垣断壁上　还有心肝肺
粘在墙上　和血一起
正在　往下流淌……

这人间　　这大地之上
东一坨　　西一块
不仅冒着烟　还往泥土里渗着血
是红色的　是鲜红
是冒着烟的鲜红
在他　　在张楠和我们的眼里奔流
流啊　流——像月光洒满大地
大地一片银光素裹
而此刻　不　就是八九个小时之前
血洒摩加迪沙的少女
那位少女呢
那位月光一样的少女呢

那眼神儿　那乞盼的眼神儿呢
在这地上的哪一坨血肉碎骨的
残渣之中呢　他——张楠　和我们
我们绝不相信　那地上一块一块
一坨一坨　碎骨血肉的残渣
与眼前浮现的少女有关
决不相信与那少女的眼神儿
有一丁一点儿的关系　是的
我在遥远的东方古国
想到那起爆炸案　也绝不愿
往任何美丽的少女身上联想……

四

这是什么

这是逻辑之外的反逻辑
这是情理之外的反情理
是纯洁之上对纯洁的逆袭
是善良之上对善良的亵渎
摩加迪沙每天狂骤的枪声
与持续不断的爆炸
还不能使我们惊醒　我们
还以为那是遥远的非洲的事情
与亚洲　欧洲　拉丁美洲无关
从而拒绝进入对非理性的追问
与思考　对我们自身
对这个世界的公平公正
进行更遥远更深切的扪心自问
那么　这个世界　我是说
整个人类　就——在劫难逃……

所以　虔诚是从心的给予
无私忘我　是从给予中感受高尚
而救援与救赎
就是做人
中国　早在二十世纪六七十年代
就勒紧裤腰带　援助亚非拉
而且决不谋取私利
这就是做人——做大写的人
不仅利他救人　更是利己自救
是避凶而拥吉
创造真正的大同世界

五

起风了　浪大了
索马里海上的明月
依然在波涛中踊跃
像起伏变幻的白色纱巾
却又是一望无际的银辉　在荡漾
这里向东是阿拉伯海
向北是亚丁湾　穿过红海
再往北　经过苏伊士运河
进入地中海
南岸是非洲　北岸是亚欧大陆
沿地中海西行　出直布罗陀海峡
就是大西洋　而索马里半岛
岂止是非洲之角
我宁愿把它看成是通向世界的
唯一的天梯　而那精神的
喜马拉雅险峰　就是
摩加迪沙——这个人类之痛的针尖

六

现在　这个针尖上
生活着　一千六百万人口
公元七世纪　阿拉伯人就移居此地
后来　英国人　法国人　意大利人
等等　都曾到这里反客为主

这个以产香料闻名的邦特古国
像非洲大陆上所有的土地与人
都曾有过被奴役的命运
索马里人　也不能幸免
那不仅是脚掌被刺的痛疼
而是你明明吃着我的
穿着我的　睡着我的房子
拿着我的珍宝　还要说我
亏欠你的　并强迫我
必须终生为奴　世袭为奴
以偿还亏欠你的　无尽的债务
你们是我的祖宗吗
我们有什么义务
必须接受你们的压榨与欺凌

七

这是比万箭穿心
更疼痛的万般无奈又无以为诉
他们的皮肤是黑色的
但黑色的皮肤更是皮肤
而且健康　像皮肤下的肉与骨血
也是骨血与肉　关于被他国奴役
关于贫困与饥饿　宗教与祈祷
关于战争与和平　爱情与生活
在这个针尖上
都曾经有过锥心刺骨的经历

像所有非洲同胞都有自己的语言
他们叽哩哇啦的叫喊
谁听　谁听得懂
谁真的听懂了能去理解他们
为他们洒下——哪怕半滴眼泪
他们古老的语言
可以追溯到遥远的　公元七世纪
有足够的长度
可以把地球五花大绑
然而　谁会翻译他们的语言
并且当作《人权宣言》
向全世界出版发行呢

弱国没有外交　弱国没有语言
弱国没有生存的权利吗
上帝什么时候规定
不能用手抓饭而必须用刀叉吃饭
你习惯右舵驾驶汽车
我用左舵就不行吗
文明与宣言无关
文明与人的生存息息相通

文明是相互交融　拒绝战争
彼此相亲相爱
为什么殖民统治早已结束
这里仍然一贫如洗
地方军阀东一团　西一伙

他们的武器弹药　都来自哪里
为什么索马里的孩子
不认识自己祖国的文字
却可以用英语乃至法语乞讨
世界是这样改变的吗
人类是这样进步的吗
如果你的文明
以灭绝其他种族的文化为己任
以改变其他民族的传统与习惯
为目的　那么请你去问问
你所信奉的上帝　人道之上的天道
太阳和月亮的光辉
难道不是拥抱全人类吗

起风了　浪大了

八

关于那位少女乞盼的眼神儿
现在　通过索马里波涛的汹涌澎湃
翻卷在张楠的眼前　那眼神儿
是否包含了
对人间最后的一丝留恋
这个问号　在张楠的心上缠绕
他甚至忘记了恐惧
但是　当活生生的少女
顷刻之际　就变成一坨一坨

冒着烟的骨肉残渣
并且就飞溅在他的眼前
他无法禁止自己的汗毛不倒立
不炸起一身的鸡皮疙瘩
使他的双齿紧紧地　紧紧地咬住
稍一松口　上牙与下牙
便不停地撞击　发出的声音
听上去很怪异　明明是上下的相撞
发出的却是嗞嗞嗞的颤音
比寒战　更冷
是不寒而栗的上下错动
他洁白的牙齿
他使用了二十八年的牙床
怎么可以不听使唤
怎么可以毫无规则地自己乱撞
并且发出他自己听上去
都有点儿非人类的意味儿
于是　他一只手抠着枪机
另一只手托着下巴
终于有效地控制住了寒颤
我的大使呢　他看见大使
正在他　和另外三位战友的中间
沉静地站着　恰似一座铁塔

大使像将军那样锐目犀利
用不高的广西话对他们说：
别怕　这种事情每天每夜

229

每时每刻——在摩加迪沙

在索马里　都有发生

你们必须习惯　我　已经习惯了……

九

张楠和他的战友　就是我们

我们最初听到的枪声

与靶场上空回荡的　完全不一样

靶场是从一个方向　向另一个方向的

射击　因此枪声从身边响起

在目光的正前方炸响

这里的枪声　从四面八方响起

在身边的一个无法想象的地方爆落

一次　子弹从一只飞鸟的眼睛穿过

还有一次　子弹竟然削掉了

张楠左胸别着的步话机天线

噼里啪啦与叭哩吡啦的子弹

三百六十五度角

乱七八糟地飞　没有规则

东西南北中

全方位无法预知与预防

任何一个角度的任何一个角落

都有可能飞来一串子弹

时空完全通透

包括飞往吉布提的空中航道

与抵达邦达兰自治区首府

加威罗的每一秒钟
都在林立的枪口注目下完成
躲无可躲　藏无可藏
战争状态下所谓的掩体
在这里是不存在的
事实上　摩加迪沙的每一块墙壁的
每一块砖头　包括土墙上的
每一棵小草　哪怕是绿色的
或金黄色的小花
都是无辜的受害者
而索马里六十三万平方公里的土地
包括三千二百公里的海岸线
一万平方公里的水域面积
都是事实上的战场

躲　躲到哪里
藏　藏到何处
大使说：这里随时都有危险
但是——敌人在哪里

十

在索马里　所有的反政府武装
都声称与中国友好
但是子弹不长眼睛　说打过来
就打过来了　大使和他的工作人员
在这个无法预知生命旦夕的国度

向索马里的兄弟姐妹
发放救援物资　传递和平友好的信息
出生入死　与子弹擦肩而过
一次又一次与死神对视
是穿着整洁的赤膊上阵
是前脚迈出去
就不准备再回来的慷慨赴死
在子弹横飞　爆炸随时发生的摩加迪沙
大使环视了一遍
站在他眼前的八名武警战士
深情地说：你们就是我的长城
有你们在我身边　我就无所畏惧……

十一

那晚没风　战士们哭了
摩加迪沙的夜色
碧透的可以闻到月亮上桂花的清香
银色的清香轻轻地笼盖着窗外的房屋
与远方的海面　大使站在窗前说完那段话
刚刚来到索马里的八名武警战士
默不作声地热泪直淌
不是想念母亲
不是思念心爱的妻子或未婚妻
他们从小到大从来没有被人寄予
这么庄严　神圣
却紧紧贴着死亡的心脏

甚至可以听到死亡怦怦跳动的心
在向他们召唤的时候——
被赋予他们象征祖国　象征长城
成为一个国家的屏障
成为共和国的尊严

十二

后来　就是昨天　张楠的战友
——我的好兄弟　在微信中告诉我
他们是被大使的一番话
所包含着的那份光荣
激动的——八颗年轻的心
和十六只热泪扑扑漱漱滚落的眼睛
在窗外月光的映照下
闪耀着圣露般晶莹的泪花
我感受到了那泪花的重量
否则　我的心海里
怎么会一下子沉浸去
十六颗圆圆的月亮呢
十六颗　排成两列　整整齐齐
八双炯炯有神的眼睛
在我的眼前一一浮现
他们的名字是：张楠
王蓬勃　李杰　赵军团　王旗
李海鹏　任方金　朱随军
年轻的月亮　血肉的灵魂

在索马里海的波涛中
踊跃着生命永恒的皎洁……

十三

令人心神往　夜色多么好
休息吧　大使说
战士们把千言万语
压进周身的每一寸血肉
包括所有的骨头　是的
血肉代表语言　骨头代表生命
而默不作声呢
则代表信念积聚的血性
和钢水浇铸的灵魂
正彻底融化在一起
关于战士与祖国
那首歌是怎么唱的呢
嗯呐　月亮代表我的心
我的心　战士的心
祖国的心　和平的心
天地有知　他们不会辜负
那一份碧海天心的神圣的光荣

十四

施特劳斯　那无忧无虑的
蓝色多瑙河　那种无忧无虑

对于索马里人　和摩加迪沙的
大街小巷　简直是一种反动
在这里长颈鹿睁着惊恐的凸眼睛
骆驼的奔跑充满了神经质的跳跃
飞鸟本来最自由最安全
然而　那随时响起的枪声
会让它们从三五千米的高空
一头栽下来　于是
我们看到的椰子树
是未经审判便被斩首的
没有树冠的半截子树桩
而那朵金色的小花之上
那翩跹起舞的彩蝶
与蝴蝶泉边的任何一只　都不一样
那是异域东非绝色的花仙子
双翅优雅地轻轻展开
犹如一对精微的孔雀
刹那间开屏
斑斓的羚羽似千双美目
一齐向你飞来爱慕的丽眼儿
这是人间最丰富的色彩　绘就出的
世界大师　也无法描绘的浪漫
在索马里　在摩加迪沙
曼妙地飞舞　无忧无虑地飞舞
这人世间的精灵　太放肆了
你怎么可以　怎么可以
无忧无虑地　拈花惹草

怎么可以无忧无虑地任意调情
怎么可以这么肆无忌惮地泛爱
怎么可以轻盈地落在瓦砾与垃圾
堆起的小丘上　难道没有花蕊可落吗
难道不可以落在最少还算干净的地方吗

没有　在摩加迪沙
——这个战争的废墟上
瓦砾与垃圾场
构成了所有生灵——绕不开
躲不过的风景　在这里
在爆炸与枪声的间歇里
我是说　所有的缝隙里
都塞满了恐惧
因此　请记住——无忧无虑
这个和平世界最寻常人的
最寻常的心情　对于摩加迪沙
这个没有一座完整建筑的首都
这个古都内的所有人民
包括所有生物与植物
都是奢侈品　在这里
弹洞是最寻常的瞭望镜
随便沿着一个弹孔望出去
就可以看到被战乱折磨的街区
——满目疮痍　一串子弹射来
那只蝴蝶　那个精灵
被打了个稀烂……

十五

行进在各种枪械瞄准镜里的车队
正行进在十字晃动的聚焦中
行进在圆圈里行进在枪口下
车队不长　　只有三辆
前边　　皇宫酒店安保的开道车
中间　　大使的专车
车内　　前后左右
三个武警贴身护卫
后边　　截道车
包括司机　四个武警荷枪实弹
跟进警戒——随时准备战斗
他们的眼睛各司其职
一对眼睛负责一扇车窗的警卫
车轮每转动一圈儿
都从他们怦怦跳动的心上
稳稳实实地碾过
踏着刀刃翻越崇山峻岭
踩着针尖走过万水千山
在方位角的指引下
驶过了一程　　又一程……

十六

一串子弹　　从暴烈的性子里射出
——似从大使的耳边穿过

警卫即刻用身体护住大使

后面冲出的武警

瞬间飞来　他们

用身体挡在大使专车的前后

以默不作声的身躯筑起两道长城

开道的索马里安保

跳下车　叽里哇啦地一通叫喊

——这是中国大使的车队

看　往后看　看大使专车前

那面迎风招展的

——中华人民共和国的国旗

很小　但鲜红

正在大使专车的前轿

威风凛凛地飘扬……

十七

在索马里　在摩加迪沙

五星红旗——就是通行证

始终代表并象征着和平

只要看到它　索马里人即刻冰释

所有误解　道路畅通无阻

作为中国军人　或中国公民

只有在此时此刻　才能体会

一个强大的祖国她之所以强大

仰仗的　绝不仅仅是物质财富

还有精神　还有令人信赖的善良和无私

那才是赢得尊重与敬仰　真正的力量

十八

然而　索马里今天没有安全区
子弹和弹片不仅有选择的目标
还有很多盲目的　像失魂落魄的飞鸟
出人意料地瞎撞　内战早已结束
但不间断的袭击与战争接二连三
自由　变成了随意
恐怖　变成了主义
子弹完全失去了目标
枪也彻底变成了玩具
还有什么是不可能的呢
所有的匪夷所思
在这里都变成了家常便饭
在索马里在摩加迪沙——危险
危险就在纵向的时间
与横向的所有空间里
你不要说生活一年
你只要生活一天
半天　一小时
就足够了
就足以
体验
那
个

危险无处不在的国度
即使　即使最纯粹的宗教
也难免被恐惧笼罩
被迫武装起来
在这里
恐惧给恐惧的人们
制造着恐惧　于是恐惧便成了
这个国家　这个城市的灵魂
再于是　你让我恐惧
我也让你恐惧
一颗又一颗恐惧的心
挨着心的恐惧　恐惧便成了生命
生命的恐惧　在恐惧的生命中熬煎
生不如死　锻造了视死如归
含笑九泉　哪怕是妙龄的少女
也早已忘记了甜蜜的爱情
和月光覆盖下的古都
以及古都面朝大海的旭日东升⋯⋯

十九

那天　张楠甚至没有靠近窗户
他只是正对着窗口　一颗流弹
破窗而入　直接钻进了
他的左胸
——距离心脏　只有不到一厘米
幸亏　他一口气做八百个俯卧撑

一千多个仰卧起坐

跑三个五公里越野　跟玩一样

倒立在单杠半小时　可以一动不动

然后　再来个三百六十五度的大回环

之后　才是乳燕亮翅的潇洒落地

超负荷　超强度的训练

给了他刚健的肌肉

虽然距离心脏　只有不到一厘米

但那近似的　一厘米肌肉

那肌肉的密度与质地

足以保护他心脏的自由跳动

像铜墙铁壁　将死亡

坚决挡在他的生命之外

他的身躯　当然是血肉之躯

子弹擦着心脏而过的穿击

正像命运交响曲的前奏

——是死神来敲门了吗

二十

梆梆梆梆——生死抉择

是留下来　还是听从大家的劝告

赶快　回国治疗

走　还是　留

这一刻的抉择令张楠犹豫

姐姐因患癌症病逝

钟情他的女友渴望他早点回去

父母就不用说了　那个牵挂

在隔三差五的视频中

都能从母亲眼里噙着的泪珠看到

那天　大使站在他的床前

告诉他　返程航班已经订好

可以启程了　走　还是——留

张楠又一次想起了

那位充当人肉炸弹的索马里少女

和那少女乞盼的　眼神儿

那眼神儿　十分之九以上

闪射出的是决绝刚毅

那刚毅是暗黑色的冰冷

不带一丝半缕温度

还有十分之一以下呢

是乞盼　她乞盼什么呢

渴望救赎　为什么自爆且滥杀无辜

是决绝　为什么眼里会含着乞盼

意味深刻　含义丰富

更何况　它竟蕴于一位少女

美目流转的顾盼中

却又瞬息之际　化为了灰烬

她的乞盼究竟包含了什么呢

不是迷人　而是诱人

不知道美国总统目睹这一切

做何感想　英国首相看到这一刻

又要发表什么样的国情咨文　还有

法国意大利西班牙　还有整个欧洲

他们都会用一个恐怖分子
来抹去这位少女的乞盼吗
当你恐惧对现实的追究
对一个生命自绝的破解
才是真正的恐怖　无论一个人
还是一个国家　抑或一个民族……

二十一

再比如　母亲
就是张楠的母亲　和我们
张楠的战友——我们的兄弟姐妹
如果目睹了这位少女的眼神儿
又会怎么想　多元的世界
遇到了多元的人类　但是只要是人
难道还能脱离了　相亲相爱的人道
他　张楠蓦然想起随大使
给索马里难民输送救援物资的情景
他看到　一群索马里妇女
抚摸着中国制造的缝纫机
像遇到了久别重逢的丈夫
喜出望外的热眼
和抚触缝纫机的　微微颤抖的双手
让张楠看到了索马里的灵魂
他们的灵魂深处的　渴望
与整个欧洲亚洲拉丁美洲
包括非洲　与世界各民族人民

是完全一样的心灵
都是渴望平安　永久
都是那两个普通的字——生　活……

二十二

十三岁的索马里摇滚歌手克南唱道：
我们生来自豪　高贵不输罗马
到处是暴力和贫民区——那是我的家
我听他们说　爱是唯一的办法
于是　我们为他们而战
却被他们所骗　他们总想控制我们
但他们无法将我们捆绑　因为
我们像野牛那样战斗　勇猛直前
——为一口食物而战……

他说的"他们"是谁
"他们"如何欺骗了他们
使他们为"他们"而战斗
而"他们"还想控制他们
一个十三岁的孩子　却有着雄辩家的
敏锐言词　和冲破一切牢笼的自由意志
这是战乱　与恐怖的土壤
培育出的天才　很难说
他日后不会成为马丁·路德·金
成为纳尔逊·罗利赫拉赫拉·曼德拉
煎熬的心上扭结着痛苦的思考

而思考的血腥又夹杂着悲伤
他不是悲悯而是绝望
更令人惊叹的是
他已经独立　并获得了思想

二十三

……张楠的思绪沿着海风
在月光下的索马里海凝聚
这的确是一个　自有人类以来
最伟大的时代　然而
这又是一个　值得全世界的
每一位公民　深深悲悯的时代
所以　德彪西是伟大的
他的《大海》起伏与澎湃的
每一个音符　都属于忧郁
是忧郁的波涛翻卷着忧郁的浪花
每一朵飞溅开来
都是忧郁的　心的破碎
都是破碎的心　汇成的大海
大海　大海
你何时能够汇成　悲悯的大海
以你恢宏无比的力量
把冷漠变成同情
把同情变成怜悯
把怜悯变成救赎
把救赎变成信仰

变成地球上的　每一位公民
所有生活的行为准则　和　习惯……

二十四

在悲悯与救赎之间
张楠觉得自己　必须留在摩加迪沙
必须和他的战友——就是大使
和我们　一起奔走在刀刃上的枪林弹雨
针尖儿上的恐怖袭击　去履行
人道主义义务　代表祖国
甚至　代表人类
和索马里难民一起　深入恐惧
接受煎熬　虽然这里并不缺他这一个
但张楠的决心是　今生如能在这里
在这个刀锋上的国度——索马里
在摩加迪沙——这个针尖上的首都
奉献自己　才不负中华儿女
热血灌顶的血肉之躯
才不负大使所托之光荣
才是"难酬蹈海亦英雄"……

二十五

他留在索马里海天一色的涛声中
和那涛声拥抱着的椰风吹拂下的人群
他和那人群中极少极少的

东方古国——中华人民共和国

使馆的工作人员一起

在不间断的爆炸与枪声中

和恐惧中的索马里人一道

承受着苦难　饱受着灾难

他们给儿童发放书包和食品

以扶助的行为和目含友爱的微笑

表达着中国对世界的感情　在索马里

饥饿与物资的极度贫乏　犹如

一个个枯瘦的　黑孩子的胳膊与双腿

太　瘦　了

瘦的　像落下一只麻雀

就能压断的枯枝

唯有那一对黑洞洞凹陷下去的　大眼睛

亮晶晶地闪烁着银亮的光芒

每一对　都像皎洁的月亮

圆圆的月亮

深陷在孩子们的眼窝

而那目光　则闪着直刺人心的疑问

为什么我们饥肠辘辘

而你们却比我们生活的好

你们是从天上掉下来的吗

我们是从地狱里爬出来的吗

他们把我们当成了你们

又把你们当成了　我们的镜子

他们看见了自己　卑贱的

丑陋的瘠薄的　无依无靠的

举目无亲的　随时会死的
死了会发臭腐烂的
并且是没有人来埋葬的　自己……

他们从我们身上看到了外面的世界
从他们的你们身上　看见了悲哀
内心深处的悲哀　无处不在的悲哀
又无以诉说的悲哀　悲哀的月亮
很皎洁　皎洁着整个摩加迪沙
皎洁着整个索马里半岛
甚至　也皎洁着整个非洲
皎洁的悲哀　与悲哀的皎洁
直入骨进心
入下一代人的骨头
进下下一代人的心里
那皎洁的悲哀　就高挂在天上
就沉浸在海里　贯通天地
入骨进心　我知道
作为张楠的战友　我们都知道
这皎洁的月光　作为风景
它的美　无与伦比
但是　作为饥饿的孩子的目光
这皎洁　就是一把利剑
直刺人类的良知……

二十六

我想　这里如果继续饥饿下去

即使这些孩子长大了　成人了
他和她的伙伴们想起饿馑的童年
想起爆炸和枪声混杂的过去
他们会有怎样的心情
他们会热爱这个世界吗
即使当他们中的一部分　有了文化
进入发达国家　看到了
他们与整个世界不同的历史
回顾往事　知道了
他们爷爷的爷爷　早在十四世纪
就被奴役　他们会对奴役过他们的民族
和国家的人民——友好吗

索马里竖着一个巨大的问号
我要把它拉成一个同样巨大的惊叹号

二十七

黑鹰坠落了　军阀又来了
伴着部族的纷争　和私人武装的
不断扩大　海盗猖獗　绑匪横行
百姓衣不遮体　饥肠咕咕歌唱
饿殍遍野　自杀式爆炸从未间断

是谁让他们生不如死
你们生来就是看我们忍饥挨饿的吗
我们和你们　仿佛生活在一个世界

然而　你们叫嚣的全球一体化
究竟有没有我们　我们活着
是你们多元世界的哪一元
哪一元的理论和实践里
有我们生存的理由和空间
——是饿死拉倒的一元吗

二十八

皎洁的非洲之角
镶嵌在索马里孤儿的眼窝
明晃晃地闪烁着晶莹的光芒
仿佛那古老的诵经声
海潮般拍击着张楠和他的战友
——我们的心扉　我们感受到了
那个寂静无声的质疑
那个贯穿古今的情绪
从公元七世纪到二十一世纪
莫非要延续到下一个世纪吗
摩加迪沙　那一群群孤儿眼窝里的月亮
刹那间　便沉入索马里海的最深处
一如张楠和我们的忧虑
在望不到底的深渊中
明晃晃地挣扎着……

二十九

别他娘的牛哄哄了

这里不要凌驾于人道之上的指手画脚
这里的民族有自己的宗教与信仰
可以相互沟通　达成谅解
也完全能够　相互包容与融合
并最终形成　宽阔的思想
但是现在　他们中的一部分
被另一部分所仇视　相互厮杀
被错误与错误挑唆　像装备了
现代化武器的冲动　火拼升级为战争
团团伙伙　帮帮派派
国无宁日　民不聊生
在生不如死的灵魂里面
游荡着一个魔鬼
——就是极端　极端
把生命的能量　聚集
变成炸药　变成一次次的恐怖袭击
地火在升腾
空气中弥漫着刺骨的祁寒

索马里没有兵工厂
摩加迪沙也不生产子弹
当贪婪驱动着占有欲
当精神被极端推向不共戴天
祥和被扭曲成狰狞的面目
生存的意义被曲解为你死我活
人在人的眼里变成了死敌
于是魔鬼上身　引狼入室

大 地 夯 歌

战争贩子把先进的枪炮弹药
一股脑儿地向这里兜售倾泻
罪孽啊　是哪里伸出的一只手
把邪恶的灾难甩在了火药桶上
一声声巨响　把灾难变成了灾难的灾难……

三十

一母同胞缘何相互残杀
若不是精神失常　肯定是神经错乱
但是——但是——
我要问的是：谁干的
高明不属于反人道的元凶
拉一帮打一派　支持一伙打击一团
有必要把兄弟姐妹的分歧-
上升到　我民主你专制的精神高峰吗
自由可以冲击家规国法吗
你的人道难道没有骨肉亲情吗
文明社会是这样推动人类进步的吗

这样的荒谬不被纠正　人类就没有安宁
这样的偏执不被棒喝　世界就没有和平

三十一

这里没有爱慕你的大白妞　我说你呐
在饥肠辘辘的索马里孤儿面前

耍酷的异乡人　你没看到
摩加迪沙那残垣断壁上的弹洞吗
那是黑鹰直升机射出的子弹
——留下的历史遗迹　而那黑鹰
当时还没回过神儿来　就被索马里民众
用你们贩给他们的武器——揍了下来

这里不需要世界警察
一如太阳与月亮　不需要任何真理的指引
它们有它们自己　交替升降的轨道
甚至连光　都是他们自己的……

三十二

月光的翅膀　沿着霞光的歌声飞翔
饥饿的索马里从来不缺少旖旎的风光
张楠和他的战友　就是我们
我们在这里严守当地民族的风俗习惯
尊重宗教信仰　寻找相亲相爱的道路
一百五十多次的出行任务中
每次钻入贫民窝棚
送上食品衣物
把身上所有的美元掏出
堆放在窝棚里的床上
我们都有如释重负的幸福感
都有给予之后的满足
和拉起贫困兄弟姐妹的些微成就

如果全世界的富人　都来拉
用劲儿地拉　把所有贫困中的人民
拉起来　拉进富裕文明的生活
谁还和你有仇　谁还会恨你富足
爱绝不抽象　爱就是拉起弱者
和强者一起　走向光明……

大使是唯一会讲索语的外交官
他对在索的中国医生叮嘱
注意安全　千万不要走
要留下来　索马里缺医少药
要尽可能多地为百姓防病治病
他抱着骨瘦如柴的索马里儿童热泪长流
简陋窝棚中的大使令张楠久久难忘
他在日记中写道：阴暗
这个词儿　原来是有形象的啊
那是一种发霉的汗腺的味道
在燥热闷骚的窝棚中弥漫
不止刺鼻并且入脑进心　并且叩问天良

张楠和他的战友　就是我们
我们　从使馆同志的行为中
体会到：所谓文明
就是人的良知要往低处走
哪怕自己微不足道　微如尘埃
也要为更低微　更渺小的人们做点事
哪怕是一个亲切的眼神儿

一个流溢于心的纯真微笑

一个相助的手势

一串急忙赶上前来援手的脚步

那是人——心与心于瞬息之际

相融相合的——宽广无边的大路

我们——张楠的战友

和索马里人一起

走在大路上

走在摩加迪沙的大路上

走在索马里半岛——所有的大路上

就是中国走在大路上

就是人类文明走在大路上

在这里　在使馆同志的带领下

把一颗颗心——中国心

注满爱　然后　一一种下

种在非洲之角　犹如沉进

索马里海的　那些星星和月亮

在大海中闪烁着有限　却永恒的光明……

三十三

2015 年 7 月 26 日下午四点零五分

半岛皇宫酒店　卡塔尔埃及肯尼亚

及中国大使馆　一切如常

那是当地时间　也是当地的下午

气温很高　酒店内的

四个国家的使馆　冷气开放……

突然　一声巨响——气流
把所有窗框击飞　将所有天花板
击落　酷哩哐啷哗啦啦——钢架吊装的
天花板　与飞进室内的窗框
比子弹比弹片　更凌利凶残
使馆工作人员　伤亡是绝对的
中国三伤一亡　报道说
一辆自杀式炸弹　袭击了
半岛皇宫酒店　张楠——我们的战友
在袭击中不幸牺牲
在这里　所有的不幸都包含着必然性
而所有的灾难
都源于自然的极端与人为的极端
大海极端　有了海啸
苍天极端　有了暴风骤雨
沉默一如泥土的大地　仅仅极端了
一下子——就有了山崩地裂
而人的极端呢　放眼世界
从法国遇袭到阿富汗暴恐
从叙利亚动荡到非洲的难民潮
人类如果没有获得
洞穿"极端"的"第三只眼"
我们就无法进入恐怖世界的内部
从而找到　起于青萍之末的根源
我们的好兄弟——张楠的献身
就毫无价值……

极端是悲凉的夜色吗

是闪烁在那位少女眼神儿中的乞盼吗

尽管那是一秒钟的十分之一

然而　对我来说

却期望那是一种留恋　一种顾盼

一种妩媚动人的魅力闪现

于是　我们就可以据此而呼唤

快把这十分之一的　最后的乞盼抓住

向她表达——对她的尊重　爱慕

向往和追求　还她最初的爱情

还她热恋的甜蜜　和高贵的忠贞

朴素的勤劳　与智慧

使所有贫困中的饥民

都能感受到人类世界的真诚救赎

与公平公正　感受到人间的温暖与友爱

并使之真正获得生命的希望……

跋

谁也不愿在吼狮面前舞蹈

我不愿蹈海于针尖上的索马里

我有两万两千名战友

在十支联合国维和部队里战斗

加上张楠　已有十七位中国军人的亡灵

在世界各地的动荡中魂游

他们与无辜而亡的平民一起

在地下祈祷和平

为我们活着的人类呼唤爱

他们像一根根针　扎在我们的心上

流出的第一滴血洒在了哪里的土地

哪里的土地会为他们长出橄榄树

我不知道　我知道我们还会流血

虽然不知道

流出的最后一滴血　将洒向何方……

为此　我将继续蹈海于针尖

蹈海于动荡的世界　因为我是军人

是酷爱和平与维护和平的——中国军人

（原刊于《解放军报》2017 年 7 月 17 日"长征副刊"）

图书在版编目(CIP)数据

大地夯歌/王久辛著. —福州:海峡文艺出版社,2019.8(2024.3 重印)
ISBN 978-7-5550-1857-5

Ⅰ.①大… Ⅱ.①王… Ⅲ.①诗集—中国—当代 Ⅳ.①I227

中国版本图书馆 CIP 数据核字(2019)第 075542 号

大地夯歌

	王久辛 著	
出 版 人	林 滨	
责任编辑	朱墨山	
出版发行	海峡文艺出版社	
经 销	福建新华发行(集团)有限责任公司	
社 址	福州市东水路 76 号 14 层	
发 行 部	0591—87536797	
印 刷	三河市兴博印务有限公司	
厂 址	河北省廊坊市三河市杨庄镇大窝头村西	
开 本	889 毫米×1194 毫米 1/32	
字 数	107 千字	
印 张	8.375	
版 次	2019 年 8 月第 1 版	
印 次	2024 年 3 月第 2 次印刷	
书 号	ISBN 978-7-5550-1857-5	
定 价	49.00 元	

如发现印装质量问题,请寄承印厂调换